# Eiskalte *Jungfrauen*

In der Reihe Eichborn. *Astrokrimis*
sind 12 Bände erschienen:

# Eiskalte *Jungfrauen*

Mit Geschichten von:
*Gabi Hift*
*Amelie Fried*
*Margaret Maron*
*Maria Gronau*
*Helga Anderle*
*Carl Wille*

Eichborn.

Die Reihe Eichborn. *Astrokrimis*
wird herausgegeben von:

**Thea Dorn**
**Uta Glaubitz** und
**Lisa Kuppler**

Gesamtlektorat: Oliver Thomas Domzalski

Die Deutsche Bibliothek – CIP-Einheitsaufnahme

Eiskalte Jungfrauen / Hrsg.: Thea Dorn.– Frankfurt am Main :
Eichborn, 2000 (Eichborn Astrokrimis)
ISBN 3-8218-0797-0

© Eichborn Verlag AG, Frankfurt am Main, März 2000
Für die Geschichte *Diamonds are a Girl's Best Friends*
von Margaret Maron: © 2000 by Margaret Maron.
Umschlaggestaltung: Moni Port unter Verwendung eines Gemäldes
von Caravaggio »Die Hl. Katharina von Alexandrien« 1597 (Madrid,
Fundación Colección Thyssen-Bornemisza)
Satz: Fuldaer Verlagsagentur, Fulda
Druck und Bindung: Milanostampa, Italien
ISBN 3-8218-0797-0

Verlagsverzeichnis schickt gern:
Eichborn Verlag Kaiserstr. 66, 60329 Frankfurt
www.eichborn.de

# Inhaltsverzeichnis

# Gabi Hift *Fischlaich*

Ich glaube nicht an Astrologie. Und die Sache mit Henni hat an meiner Meinung nichts geändert. Das heißt nicht, daß ich die Wirkung leugne, die der Sternenhimmel auf uns ausübt. In einer klaren Nacht nach oben zu sehen, kann uns in ein Staubkorn mit weit aufgerissenem Herzen verwandeln. Und wenn zu diesem Zeitpunkt jemand neben uns steht, treibt uns der Anblick diesem Jemand geradewegs in die Arme. Aber ich glaube einfach nicht, daß diese fernen, majestätischen Lichter im Augenblick meiner Geburt an meinen Chromosomen gerüttelt oder an meinen noch nicht myelinisierten Nervenfasern gezerrt haben sollen, um auf diese Weise meinen Charakter hervorzubringen. Henni hätte gesagt, so zu argumentieren sei typisch Jungfrau.

Als ich Henni zum ersten Mal begegnete, saß sie mit verquollenen Augen im Wartezimmer und las in einem Taschenbuch mit dem Titel *Keine Lust zu leiden*. Ich unterdrückte ein Lächeln und bat sie herein. Sie hockte sich auf die Stuhlkante und warf mir einen schrägen, grünlichen Blick zu. Können Sie sich an den Moment erinnern, bevor der Wolf in *Der mit dem Wolf tanzt* zum ersten Mal die Wurst abholt, die ihm Kevin Costner hinhält? Wie er auf dem Bauch vor- und zurückrobbt und jault und dabei unwiderstehlichen Charme entwickelt? So war Henni.

»Name?« fragte ich und rechnete damit, daß sie davonliefe.

»Sie sind Jungfrau, nicht?« Bei einer Wahrscheinlichkeit von einem Zwölftel kann man es nicht gerade ein
Wunder nennen, daß sie mein Sternzeichen auf Anhieb erraten hatte, aber überraschend war es doch. Sie warf mir
einen grünen Kontrollblick zu und zuckte mit den Mundwinkeln.

»Deswegen. Ich wollte nämlich eigentlich zu Herrn
Doktor Fellner. Aber als Sie die Tür geöffnet haben, war
da gleich sowas ...«

Ich war erstaunt – in mehr als einer Hinsicht. Die Damen, die männliche Gynäkologen vorziehen, sind gewöhnlich in fortgeschrittenem Alter. Henni schätzte ich
auf Mitte Zwanzig. Außerdem sind diejenigen, die an
Astrologie glauben, meist nicht gerade begeistert vom Zeichen der Jungfrau. Selbst wenn ich für Esoterik anfällig
wäre, würde ich mich wohl kaum einer Lehre zuwenden,
die so wenig Schmeichelhaftes über mich zu sagen hat. Wer
läßt sich schon gern als kleinlich, pedantisch und unfähig
zur Leidenschaft bezeichnen. Und das angebliche Geschick der Jungfrauen in Gelddingen – als wären sie mit einem eingebauten Taschenrechner zur Welt gekommen,
sagt man – kann ich bei mir leider ganz und gar nicht entdecken.

Vermutlich gibt es im Zeichen der Jungfrau kaum Horoskopgläubige. Wer das Pech hat, zwischen Ende August
und Ende September geboren zu sein, wird nicht nur von
jedem dahergelaufenen Astrologus verunglimpft, sondern

auch noch von den ewig gleichen idiotischen Witzen verfolgt. Schon als Halbwüchsiger wird einem von Männern mit dicken Zeigefingern unters Kinn gefaßt, und sie fragen schelmisch: »Na, ist das auch wirklich wahr?« Wird man älter, grölen sie: »Was? Immer noch?!« und klatschen sich auf die Schenkel. Also überraschte es mich einigermaßen, daß dieses junge Mädchen seine spontane Affinität zu mir mit meinem Jungfrau-Sein begründete. Erstaunlicherweise war auch sie mir unmittelbar sympathisch. Gewöhnlich fällt es mir nicht schwer, zu meinen Patientinnen eine gleichmäßig-freundliche Distanz aufzubauen, aber schon Hennis erster schräger Blick war durch diese Schicht gedrungen wie das Messer durch die Butter.

»Ich bin nämlich Fisch. Und Jungfrau ist der Gegenpol der Fische. Das ist eine ganz starke Verbindung.« Ihre Stimme wurde immer leiser, und ihre Finger zwirbelten am Rocksaum. »Wahrscheinlich glauben Sie nicht dran. Jungfrauen tun das meistens nicht, die sind so rational. Aber der Gegenpol, das ist genau das, was ich jetzt ... brauche.« Bei »brauche« fing sie an zu weinen.

In ihrem Abstrich wimmelte es von Trichomonaden. Ich habe diesen Anblick immer vergnüglich gefunden. Es sieht aus, als wuselten kleine, gutgelaunte Tintenfische über den Objektträger.

»Kein Grund zur Sorge«, sagte ich und überreichte ihr ein Päckchen *Trichex* aus meinem Vorrat an Gratisproben.

»In drei Tagen ist alles vorbei. Der Partner muß selbstverständlich mitbehandelt werden.«

»Das geht nicht.«

Nach und nach holte ich die ganze Geschichte aus ihr heraus. Er war natürlich fort mit einer anderen.

»Sie sollten mit einem Mann, dem Sie nicht vollständig vertrauen können, auf keinen Fall ungeschützt verkehren.«

»Das habe ich auch nicht.«

»Ich verstehe«, sagte ich. Später sollte sich herausstellen, daß ich sie zu diesem Zeitpunkt keineswegs richtig verstanden hatte.

»Sie können sich nicht vorstellen, wie das ist, ein Fisch zu sein. Man schwimmt praktisch in Gefühlen. Für Fische gibt es überhaupt kein Ufer.«

Soviel Unsinn macht mich sonst eher ungeduldig. Sie würden nicht glauben, was man tagaus, tagein in einer Gynäkologenpraxis zu hören bekommt. Es ist, als hätten all die Jahre der Aufklärung nichts bewirkt, und manchmal macht mich das ganz schön wütend. Aber an Henni fand ich es liebenswert. Sie schien mir eine von der meinen ganz unterschiedliche, höchst interessante Lebensform zu sein. Schon damals dachte ich, daß es ein Verlust für mich wäre, nicht mehr von diesen schrägen grünen Blicken getroffen zu werden.

Es stellte sich heraus, daß Henni nicht nur ohne Mann, sondern auch ohne Arbeit war. Zu diesem Zeitpunkt waren Frank und ich schon die zweite Woche ohne Sprechstundenhilfe. Unsere treue Perle war aus einem Urlaub nicht zurückgekehrt. Ein Anruf bei ihrer Mutter hatte ergeben, daß sie nicht erkrankt war, sondern, wie sich die Mutter ausdrückte, »jemanden sehr Vielversprechendes«

kennengelernt hatte und entschlossen war, die Chance zu nutzen.

Wir behalfen uns damit, die Tür selbst mittels eines Summers zu öffnen. Seitdem waren aus dem Wartezimmer zunächst sämtliche Zeitschriften verschwunden, dann alle Aschenbecher und schließlich sogar eine ziemlich große Topfpflanze. Außerdem wußten wir bei neuen Patientinnen nie, ob sie zu Frank oder zu mir wollten – so war ich ja auch an Henni geraten. Jetzt hatte ich sofort die Idee, Henni den Job anzubieten, machte mir aber Sorgen wegen Frank.

Frank Fellner war mein Partner in der Praxis und auch sonst. Aber vielleicht hätte er es nicht so bezeichnet; ich weiß es nicht. Es ist ziemlich schwer zu erklären, wie die Dinge damals zwischen Frank und mir standen. Wir hatten während des Studiums eine Zeitlang ein Verhältnis gehabt, uns dann aber aus den Augen verloren. Meine Leidenschaft gehörte der Frauenbewegung, und ich nehme an, für ihn war nicht viel übrig. Gleich nach dem Diplom hatte ich mit ein paar anderen Frauen ein feministisches Gesundheitszentrum gegründet. Ich lief damals jeden Tag nach meiner Arbeit im Krankenhaus hinüber, um zu malern und Leitungen zu verlegen und bis in die Nacht hinein zu diskutieren, und jeden Tag freute ich mich darauf. Es war eine verrückte Zeit. Wir waren alle aufgeregt und überzeugt davon, etwas Wichtiges zu tun – und nicht besonders realistisch.

Ich war die einzige mit einem festen Einkommen, also übernahm ich die Bürgschaft für die Kredite. Die ersten

Jahre lief es ganz gut, aber dann begannen unsere Meinungen auseinanderzugehen. Immer häufiger kam es zu Streitereien über alles mögliche, über das Matriarchat, die Abtreibungspille, Makrameekurse, Lunazeption, über die Frage, ob lesbische Frauen bessere Feministinnen seien und über die Notwendigkeit einer Frauenpartei. Schließlich explodierte das Ganze, und ich blieb mit einem riesigen Berg Schulden zurück. Vielleicht verstehen Sie jetzt, wieso ich empfindlich reagiere, wenn jemand sagt: »Ach, Sie sind Jungfrau? Na, da können Sie bestimmt gut mit Geld umgehen«, oder: »Jungfrau! – Keinen auf der Matratze, aber jede Menge drunter, was?«

In dieser Lage war ich froh, als Frank mir anbot, mich in seiner Praxis anzustellen. Bevor der Kredit abbezahlt war, konnte ich nicht daran denken, mich selbständig zu machen.

Wir waren uns auf einem Gynäkologenkongreß wieder über den Weg gelaufen und nach einem letzten Drink an der Bar gemeinsam in seinem Hotelzimmer gelandet – der alten Zeiten wegen. Ein paar Tage später war dann der Anruf gekommen, und ich hatte den Eindruck gehabt, daß sein Angebot möglicherweise nicht nur die Mitarbeit in der Praxis betraf, obwohl darüber nicht gesprochen wurde. Tatsächlich gingen wir schon nach meinem ersten Arbeitstag miteinander ins Bett und danach immer wieder. Wir gingen essen und ins Kino, und manchmal ging ich sogar mit ins Fußballstadion.

Anfangs war es aufregend, nicht darüber zu sprechen. Es war, als hätten wir ein Geheimnis. Wenn wir in unseren

blütenweißen Mänteln in der Praxis miteinander fachsim-
pelten, dachte ich daran, was wir in der Nacht getan hatten
und in der nächsten Nacht wieder tun würden. Wie Sie
sich sicher denken können, ist es für Gynäkologen im Privatleben schwer, über Sexuelles zu reden, und ich nahm an,
darin liege der Grund für Franks Schweigen. Und es war ja
auch nicht so, daß er sich in der Öffentlichkeit von mir di-
stanziert hätte. Im Gegenteil, er schleppte mich überallhin
mit und stellte mich als seine »brillante Kollegin« oder
»wunderbare Mitarbeiterin« vor. Einmal nannte er mich
»die bessere Hälfte seiner Praxis«. Danach konnte ich über
mehrere Minuten meinen Herzschlag fühlen. Er war nicht
etwa beschleunigt oder unregelmäßig, ich bin ja kein Teen-
ager mehr, nur eben spürbar. Ich dachte, das könnte eine
Art Anspielung sein, aber Frank kam nicht darauf zurück,
und mein vegetatives Nervensystem beruhigte sich wieder.

Wenn mir meine Freundinnen von den stundenlangen,
quälenden Beziehungsdiskussionen berichteten, die sie in
schöner Regelmäßigkeit mit ihren Männern führten, fühlte
ich mich ihnen überlegen. Und doch ... Immer öfter über-
fiel mich die Lust, wie in einem schlechten Film nach seiner Hand zu greifen und zu sagen: »Oh Frank, laß uns
endlich über alles sprechen.« Insgeheim bedachte ich ihn
mit kindischen Kosenamen und schmiedete Pläne für unsere Zukunft. Gott sei Dank ahnte er nichts davon.

Als ich Henni von dem Job in der Praxis erzählte, war
ich mithin nicht ganz uneigennützig; ich erwartete mir auf
merkwürdige Weise Hilfe von ihr. Sie hatte so eine Art an
sich, die die Stimmung in einem Raum veränderte. Falls Sie

in meinem Alter sein sollten, werden Sie sich bestimmt noch an die Zeit erinnern, in der man von »vibrations« sprach. Nun, und Henni hatte zweifellos die Gabe, diese *vibrations* zu beeinflussen. Als ich ihr damals gegenübersaß, hatte ich – nein, nicht direkt das Gefühl betrunken zu sein; es war mehr so, als wäre alle Welt außer mir beschwipst und als könnte ich mich daher ruhig auch ein wenig gehenlassen. Ich erinnere mich zum Beispiel, daß ich einfach ihre Hand genommen habe – eine Geste, über die ich in bezug auf Frank schon nachgedacht hatte, die mir aber ansonsten nur bei kleinen Kindern angemessen erscheint. Henni begann dabei wieder zu weinen, und wenn ich mich recht entsinne, tat ich nichts, um das zu beenden; das Getropfe auf meine Hand war mir sogar angenehm. Als ich ihr von dem Job erzählte, war sie sofort begeistert.

»Es wäre phantastisch für mich, an einem Ort der Heilung zu arbeiten«, sagte sie und schneuzte sich. »Und in Ihrem Gebiet ist ja praktisch alles psychosomatisch, hängt also von den Sternen ab. Und da kenne ich mich ein bißchen aus.«

Ich dachte, daß Frank sie niemals einstellen würde, wenn er sie so reden hörte. Er haßte »esoterisches Gequatsche« – und schließlich war es seine Praxis, also auch seine Entscheidung.

Henni entsprechend zu instruieren erschien mir aber nicht sehr erfolgversprechend. Ich konnte nur hoffen, daß in der kurzen Zeit – Frank und ich hatten Konzertkarten für den Abend – das Gespräch nicht auf solche Dinge kommen würde. Natürlich hatte ich – wie später noch oft – meine Rechnung ohne Henni gemacht.

»Das ist Fräulein Schopp. Sie könnte sofort als Sprechstundenhilfe bei uns anfangen. Sie wäre unsere Rettung«, sagte ich zu Frank und schob Henni auf ihn zu.

»Schopp wie Schupp«, sagte Henni und streckte die Hand aus. »So kann man sich's leicht merken. Ich bin nämlich Fisch. – Und Sie sind Löwe«, fügte sie nach einer kleinen Pause hinzu.

Nun ist alles verdorben, dachte ich. Vor Enttäuschung vergaß ich, überrascht zu sein. Wider Erwarten lachte Frank jedoch und fragte: »Woran haben Sie das erkannt? An meiner wilden Mähne?«

Frank hat eine Glatze, und ich hoffte, Henni wäre klug genug über seinen Scherz zu lachen. Statt dessen sagte sie mit gleichbleibender Ernsthaftigkeit: »Nein. An Ihrem Glanz.«

Nun glänzt Franks Glatze zwar, aber selbst ihm muß klar gewesen sein, daß Henni etwas anderes meinte.

»Er ist königlich«, fügte sie mit einer Art Unwillen in der Stimme hinzu, als wäre sie gezwungen, das zu sagen.

Frank schwieg eine Weile, und ich dachte, er würde sie kühl verabschieden, aber dann sagte er: »Sie können also gleich morgen früh anfangen? Das ist wirklich ein Glücksfall.«

»Sie schlagen Ihre Beute im Sprung. Ohne zu zögern.« Diesmal lächelte Henni, so daß man den Satz für einen merkwürdigen Witz halten konnte, wenn man wollte.

»Also abgemacht«, sagte ich. »Ich freue mich auf Sie.«
Und das tat ich wirklich.

An diesem Abend hörten wir im Konzert *La mer* von Debussy. Ich stellte mir Henni mit einem Fischschwanz vor,
und dann begannen meine Gedanken zu wandern. Die
Wahrscheinlichkeit, das Sternzeichen eines Menschen
richtig zu erraten, liegt bei einem Zwölftel. Die Wahrscheinlichkeit, daß Henni zufällig sowohl Franks als auch
mein Zeichen raten würde, war also ein Einhundertvier-
undvierzigstel oder etwa 0,7 %. Ein statistisch hochsignifi-
kantes Ergebnis. Sollte ich mich ein Leben lang geirrt haben? Gerade als ich begann, mein Weltbild ein bißchen ins
Schaukeln zu bringen (was nebenbei bemerkt gar kein
übles Gefühl ist), begriff ich. Es war geradezu lächerlich
einfach.

Ich beugte mich zu Franks Ohr und flüsterte: »Die Di-
plome. Unsere Facharztdiplome.« Er sah mich völlig ver-
ständnislos an. Logischerweise wußte er nicht, wovon ich
sprach. Frank ist kein besonderer Fan von Debussy. Zwischen den Fugen von Bach und den Quartetten von Alban
Berg gibt es kaum etwas, das seine uneingeschränkte Zustimmung findet.

Deshalb flüsterte ich ungeniert weiter: »Die Geburtsdaten. Auf unseren Diplomen. Sie hängen im Wartezimmer
an der Wand. Daher wußte sie die Sternzeichen.«

Frank nickte nur und wandte sich wieder nach vorne.
Aber als er mir später an der Garderobe in den Mantel half,
sagte er unvermittelt: »Du mußt aufpassen, daß du nicht so

säuerlich und selbstgerecht wirst wie die meisten Feministinnen, die in die Jahre kommen.«

»Wie bitte?« war alles, was ich herausbrachte.

»Ich meine nur«, sagte er in versöhnlicherem Ton, »daß ich manchmal den Eindruck habe, daß du es nicht erträgst, wenn andere Frauen mich bewundern. Aus politischen Gründen nicht erträgst. Und dann mußt du alles zergliedern und dekonstruieren.«

Obwohl ich gekränkt war, sah ich die Chance gekommen, über unser Verhältnis zu sprechen. »Ich wußte nicht, daß dich das stört.«

Aber er beendete den Gesprächsversuch gleich mit einem »Ach das tut es auch nicht«, und ging dazu über, auf seine amüsante Art den Dirigenten in der Luft zu zerreißen, dem er vorwarf, eine unerträglich dicke Gefühlssuppe angerührt zu haben.

»Das Produkt eines französischen Schaumschlägers in deutscher Mehlschwitze ertränkt – gräßlich«. Dabei stöhnte er so komisch, daß ich lachen mußte und darüber unsere Meinungsverschiedenheit vergaß.

Am Ende ihrer ersten Arbeitswoche lud mich Henni zu sich zum Essen ein, um sich zu bedanken.

»Und um zu feiern, daß ich wieder Alkohol trinken darf«, sagte sie und schwenkte die leere Packung *Trichex*.

In der Praxis machte sie sich gut. Sie war pünktlich, kleidete sich manierlich, und die Topfpflanzen verschwanden nicht mehr aus dem Wartezimmer. Zwei davon hatte sie sogar zum Blühen gebracht.

»Ich spreche mit ihnen«, erklärte sie.

Sie hatte damit begonnen, die Sternzeichen der Patientinnen auf den Karteikarten zu vermerken. Ich befürchtete, daß das Frank zur Weißglut treiben würde, aber er sagte nur: »Du weißt doch, was für abstruses Zeug Frauen zusammenspinnen, sobald es um ihren Unterleib geht. Wenn dieses mittelalterliche Brimborium sie beruhigt, soll es mir recht sein.«

Tatsächlich klang jetzt aus dem Warteraum oft Stimmengewirr. Früher hatten die Damen immer beschämt vor sich hingeschwiegen. Schließlich ist einem an diesem Ort immer bewußt, welches die Körperregion ist, die allen Anwesenden Schwierigkeiten bereitet. Aber Henni schien sie von ihrer Verlegenheit zu befreien.

»Sie sind wirklich ein Gewinn, Henni«, sagte ich und prostete ihr zu.

»Oh, ich bin froh, wenn ich helfen kann.« Sie war tatsächlich rot geworden. »Ich habe zu Frau Seethaler gesagt, sie soll ihrem Körper mehr vertrauen. Der weiß schon, was er tut. Wenn sie jetzt schwanger würde, wär das Baby Widder. Na, und sie ist doch Steinbock! Was ist denn Ihr Mann, hab ich sie gefragt. Und was glauben Sie, was sie sagt? Krebs! Na, der wird auch nicht gerade eine große Hilfe sein, sage ich zu ihr. Du liebes Lieschen! Widder und Steinbock, und ein Krebs soll's ausbügeln. Da ist nichts falsch mit Ihrem Körper, wenn er jetzt nicht schwanger wird, habe ich ihr gesagt. Im Gegenteil!«

»Das haben Sie sehr gut gemacht, Henni.«

»Und Frau Schiller meint, man müßte mal eine Studie

machen, welche Krankheiten sich bei welchen Sternzeichen häufen.«

»Mmmh.«

»Sie meinte, ob zum Beispiel Ausfluß bei Wasserzeichen häufiger vorkommt. Ich glaube, da denkt sie viel zu oberflächlich. So einfach ist es bestimmt nicht. Was meinen Sie?«

»Ach wissen Sie, Henni«, ich beugte mich tiefer über meinen Teller, »ich glaube eigentlich nicht so recht an diese Dinge. Bei mir selbst stimmt das alles nämlich ganz und gar nicht.«

»Was?« Henni verschluckte sich vor Lachen. »Aber Frau Doktor! Sie sind die typischste Jungfrau, die mir jemals begegnet ist!«

»Also soviel ich weiß, sollte ich extrem ordnungsliebend sein, geradezu pedantisch, und eine Begabung in Geldangelegenheiten haben. Statt dessen lasse ich mich in finanziellen Dingen ständig reinlegen und verbringe ein Drittel meiner Zeit damit, etwas zu suchen, was ich gerade verlegt habe.«

»Vielleicht ist diese äußere Unordnung genau die innere Ordnung, die Sie brauchen.«

»Das klingt mir reichlich verdreht.«

»Das kommt einem nur am Anfang so vor. Je mehr Sie sich damit beschäftigen, desto klarer wird es. Als erstes brauchen wir Ihren Aszendenten. Um wieviel Uhr sind Sie geboren?«

»Keine Ahnung.«

»Hat Ihnen Ihre Mutter das nicht gesagt?« Henni sah

mich an, als hätte ich ihr eröffnet, ich sei als Kind über Wochen im Keller eingesperrt worden.

»Ich werde es herausfinden, ich verspreche es. Das schmeckt übrigens köstlich. Was ist es?«

»Dinkelauflauf. Das habe ich extra für Sie gemacht – das ist die spezielle Speise für Jungfrauen im letzten Drittel.« Sie warf mir einen ihrer scheuen, grünen Blicke zu. »Sie sind doch selbst wie reifes Korn«.

Dabei beugte sie sich über den Tisch, nahm eine Strähne meines stumpfblonden Haares zwischen Daumen und Zeigefinger und rieb es, als prüfe sie einen kostbaren Stoff. Ich kann mich daran erinnern, als wäre es heute. Mich überkam eine verrückte Lust zu weinen. Und dann erzählte ich ihr übergangslos alles über mich und Frank.

»Ich bewundere Sie so sehr«, sagte sie, als ich schließlich fertig war. »Sie sind so eigenständig. So ... würdevoll.«

»Nun ja. Manchmal wünsche ich mir weniger Würde und mehr ...«

»Leidenschaft?«

»Ja. Ja, ich nehme an.«

»Sie wissen nicht, wie das ist. Sonst würden Sie's vielleicht nicht mehr wollen. Als Fisch bin ich den Leidenschaften ja völlig ausgeliefert. Ich bin dann total hilflos. Da wünscht man sich oft, den Kopf auch nur einen Augenblick aus dem Wasser zu kriegen. Das können Sie mir glauben.«

»Wir sind eben Gegenpole, wie Sie gesagt haben.«

»Endlich sehen Sie es ein.«

Wir lachten und prosteten uns zu.

»Was ist eigentlich aus dem Kerl geworden, der sozusagen daran schuld ist, daß wir uns kennengelernt haben?«

»Oh, der ist weg. Ist ein Glück für mich, denk ich.«

»Wie konnte das überhaupt passieren? Sie sagten doch …«

»Ja. Ich meine nein. Ich meine, es ist doch einfach unsere Bestimmung.«

»Was?«

»Kinder zu bekommen.«

»Ich verstehe nicht … «

»Na ja. Ich meine, früher haben die Männer gesagt, sie passen auf, und dann ist es doch passiert. Schließlich kennen wir da so unsere Griffe, nicht?« Henni lächelte mir zu.

»Ja. Klar«, sagte ich und lachte. Ich erinnere mich, daß mein Herz vor Angst klopfte. Vor Angst, sie könne bemerken, daß ich keine Ahnung hatte, von welchen Griffen sie sprach. Ich überlegte fieberhaft, wo ich etwas darüber nachlesen könnte.

»Später gab's dann Kondome, aber die Dinger müssen ja früher ständig geplatzt sein. Und die Pille, die konnte man einfach vergessen. So was passiert eben. Aber jetzt. Alle nehmen Gummis wegen Aids, und inzwischen sind sie richtig zuverlässig …«

»Ja, Gott sei Dank.«

»Na ja. Wenn wir es den Männern überließen, würden wir bestimmt aussterben. Sie sind der Erde einfach nicht so nahe. Da ist es ein Glück, daß sie danach immer gleich einschlafen.«

Ich muß sie angeglotzt haben wie eine Kuh, denn sie begriff, daß sie mir die Dinge langsam erklären mußte. »Ich meine, er schläft und träumt von Ruhm und Politik und Fußball und so, und währenddessen sind all die wunderbaren Babys noch da. Direkt in diesem praktischen kleinen Säckchen ...«

Ich war mir immer noch nicht sicher, ob ich sie verstanden hatte. »Aber Kondome sind doch spermizid-beschichtet ...«

»Oh, nicht die aus dem Bioladen«, sagte Henni ernsthaft. »Da ist keine Chemie dran. Die sind wie kleine Frischhaltebeutelchen. – Sie sind jetzt bestimmt schokkiert.«

»Nun ja ...« räumte ich ein.

»Ich bewundere es, wie anständig Sie sind. Ehrlich. Aber seiner Bestimmung folgen, das ist eben etwas ganz Tiefes. Das kann so sein, als ob man in einem schlammigen Fluß fortgerissen wird. Haben Sie und Frank je über Kinder gesprochen?«

Ich schüttelte den Kopf.

»Da sehen Sie's. Ist doch merkwürdig. Dabei sind Löwen verrückt nach Kindern. Familie und Fortpflanzung bedeutet ihnen alles.«

Henni beugte sich vor und verfiel in ein halbes Flüstern – als könnten wir belauscht werden. »Haben Sie mal einen von diesen Tierfilmen gesehen?«

»Ich glaube nicht.«

»Da läuft's einem kalt über den Rücken. Wenn so ein Löwenmännchen ein Rudel übernimmt, dann tötet es erst mal alle Jungen, die nicht von ihm sind. Alles schwimmt in

Blut. Überall liegen tote Löwenbabys rum. Und jetzt kommt was ganz Furchtbares ...«

Habe ich schon erwähnt, daß Henni strikte Vegetarierin war? Sie aß nicht nur kein Fleisch, sondern schon der bloße Anblick erfüllte sie mit Abscheu. Bereits an ihrem zweiten Arbeitstag war es deshalb zu einem Zwischenfall gekommen. Ein junges Mädchen hatte im Wartezimmer eine Wurstsemmel ausgepackt, und Henni hatte verlangt, sie solle hinausgehen. Ich hatte die lauten Stimmen gehört, aber als ich meine Patientin zu Ende behandelt hatte und hinauskam, war die Sache schon beigelegt; die Wurstsemmel war verschwunden, und die Damen hingen an Hennis Lippen. Es stellte sich heraus, daß das Mädchen protestiert hatte, aber Henni hatte ihr gesagt, Fleisch zu essen sei gerade für die fraulichen Organe unheimlich schädlich, und schließlich sei es auf einer Lungenstation auch nicht erlaubt zu rauchen. Befragt, wieso es denn gerade für Frauen schädlich sei, antwortete Henni – und das war genau der Moment, in dem ich ins Wartezimmer kam – : »Fleischessen macht aggressiv. Das ist ja bekannt.« (Ich erinnere mich jetzt, daß sie sich dabei genauso vorgebeugt und ihre Stimme gedämpft hatte wie jetzt bei der Löwengeschichte). »Männer richten die Aggression nach außen. Aber für Frauen ist Aggression unnatürlich. Also richtet sie sich nach innen. Und eben gerade gegen die weiblichen Teile.«

»Sie meinen ... Krebs?« flüsterte eine meiner Patientinnen.

Henni hatte genickt, und gegen dieses Nicken waren meine relativierenden Erklärungen nicht angekommen.

Hennis Nicken wirkte, als drücke ein uraltes Wissen ihren Kopf nach unten.

Und eben jene Henni, die nicht einmal den Anblick einer Wurstsemmel ertragen konnte, beschrieb nun ausführlich ein von zerfetzten Löwenbabys bedecktes Schlachtfeld. Ihre Pupillen waren geweitet, und auf ihrer Oberlippe hatte sich ein glitzernder Feuchtigkeitsfilm gebildet.

»Jetzt kommt das Furchtbare«, wiederholte sie und schluckte. »Durch den Blutgeruch werden die Löwinnen rollig. Sie ... steigen in ... in diesen Brei aus ihren eigenen Babys hinein und strecken dem neuen Oberlöwen ihre ... ihre Hinterseite entgegen.«

Ich weiß noch genau, wie hinreißend Henni in diesem Augenblick aussah. Und »hinreißend« meine ich ganz wörtlich. Man bekam Lust sie anzufassen, ihr leichtes Zittern durch ein Streicheln zu beruhigen, sie in den Arm zu nehmen. Theoretisch war mir die Sache klar. Sie befand sich in einem sympathicotonen Erregungszustand: erweiterte Pupillen, Hautrötung, erhöhter Puls, Mundtrockenheit. Dieser Zustand ist sowohl für das Vollbild der Angst als auch für sexuelle Erregung typisch. Das heißt, solange ein Individuum nicht handelt, läßt sich nicht unterscheiden, ob es Angst hat oder sexuell erregt ist.

Zum ersten Mal begriff ich, sozusagen am eigenen Leib, wieso Männer Frauen gerne hilflos haben. Ebenso wurde mir bewußt, daß ich in Männern nicht das Gefühl hervorrief, das Henni gerade in mir auslöste – und daß ich mich mein ganzes Leben lang darum bemüht hatte, dieses Gefühl nicht auszulösen. An diesem Punkt wurde ich zu verwirrt, um weiter darüber nachzudenken.

»Ich weiß, es ist gräßlich«, mißdeutete Henni meinen Gesichtsausdruck, »aber was sollen sie machen? Sie müssen sich das Männchen angeln, sonst können sie nicht überleben.« Sie schickte mir ein kleines grünes Lächeln. »Sehen Sie, eines von den Weibchen in dem Film war schon schwanger, als dieser neue Cheflöwe an die Macht kam. Dann hat sie geworfen, und er hat's gerochen, daß die nicht von ihm waren ... Er hat Stücke aus ihr herausgerissen, da hat sie noch gelebt. Sie hat sich überhaupt nicht gewehrt. Man hat sie von vorne gesehen, es war mit so einem Teleobjektiv aufgenommen. Sie sah drein, wie wenn sie's versteht. Verrückt, was Tiere manchmal für einen Ausdruck haben, nicht?« Henni selbst sah in diesem Augenblick schmerzlich verträumt aus.

»Es dreht sich eben im Grunde alles nur um die Fortpflanzung«, sagte sie, »alles andere ist nur ...« Sie suchte nach einem Wort.

»Überbau«, ergänzte ich, ohne nachzudenken.

»Ja, genau, Überbau. Das ist es. Ist schon verrückt, wie Sie mich verstehen. Ich habe ein Gefühl, als ob Sie direkt in mich hineinsehen.«

An diesem Abend habe ich Henni zum Abschied auf den Mund geküßt. Das ist auch so etwas, was ich nicht vergessen kann. Es war kein Kuß wie zwischen Mann und Frau, Sie wissen schon, was ich meine, aber es war auch kein Zufall. Ich bewegte mein Gesicht geradewegs auf das ihre zu, und sie wich mir nicht aus. Ich erinnere mich, daß ihre Lippen sehr weich waren, weicher als Männerlippen, und daß sie ein wenig – nun ja, ich befürchte, das richtige Wort ist – bebten. Ich sah ihr dabei die ganze Zeit über in die Augen, die, als sich unsere Lippen berührten, zu einem Auge verschmolzen und sich dann wieder trennten. Es ist schwer, den Sog zu beschreiben, den Hennis Augen auf mich ausübten. Es lag an dem wäßrigen Grün. Dieses Grün sah zwar tief, aber völlig strukturlos aus, leer.

Damals wünschte ich mir, diese Augen sollten mich immer so ansehen, wie sie es gerade taten, immer, mein ganzes Leben lang.

In den Tagen danach fühlte ich mich außerordentlich beschwingt und tat ein paar merkwürdige Dinge. Zunächst kaufte ich mir weiße Baumwollunterwäsche mit einem kleinen Spitzensaum. Als Frank sie nicht zu bemerken schien, bat ich ihn, mir beim Öffnen des BHs behilflich zu sein. Ich begann, mich in seiner Gegenwart mit allen Kindern zu unterhalten, die uns über den Weg liefen. Ich rief ihn spätabends an und behauptete, ein merkwürdiges Geräusch gehört zu haben und seinen Schutz zu brauchen.

Dann telefonierte ich mit meiner Mutter und fragte nach meinem genauen Geburtszeitpunkt.

»Bist du etwa endlich schwanger?« fragte sie.

Dabei hatte ich immer gedacht, sie sei stolz auf meine Karriere.

In der Mittagspause holte Henni ihre Tabellen heraus, und ich mußte laut über das Ergebnis lachen: Mein Aszendent war ebenfalls Jungfrau. Aber statt zuzugeben, daß die

Astrologie an mir gescheitert war, schälte Henni ernsthaft ihren Apfel und sagte: »Das erklärt alles.«

»Ich verstehe nicht.«

»Das nennt man paradoxe Reaktion. Umschlag ins Gegenteil. Wenn der Aszendent dem eigentlichen Sternzeichen entspricht, dann sind einige Wesensmerkmale so ausgeprägt, daß man selbst davor erschrickt und sich sozusagen ins Gegenteil flüchtet.«

»Ist das nicht – ein bißchen um drei Ecken gedacht?«

Henni kicherte und betrachtete mich liebevoll.

»Sehen Sie, genau das müssen Sie sagen. Eben weil Sie vor Ihrem eigenen Wesen fliehen, wollen Sie es nicht wahrhaben. Das ist das Einfachste, was es gibt.«

»Und was wäre dann mein Wesen? Als doppelte Jungfrau?«

»Sie müssen sich selbst als Ihr Sternzeichen sehen und den Aszendenten als das Tor, durch das Sie schreiten. Weil das bei Ihnen dasselbe ist, müssen Sie also durch sich selbst hindurchtreten, um Harmonie und Vollkommenheit zu erreichen.«

Henni sagte solche Dinge in einem so praktischen Ton, als handele es sich um ein Rezept für Gemüsesuppe.

»Außerdem ist es möglich, daß Sie in manchen Bereichen schon so weit sind, ich meine mit dem Hindurchtreten, nur daß es noch keiner erkennt. Zum Beispiel sind Sie vielleicht so vollkommen rational, daß andere Menschen sich das gar nicht vorstellen können. Ich meine, Sie verhalten sich vielleicht so unheimlich vernünftig, daß das für andere schon wieder irrational aussieht.«

»Ich weiß nicht recht ...«

»Sehen Sie, Sie sind vielleicht zu vernünftig, um das zu verstehen. Aber das macht nichts. Es fehlen Ihnen die magischen Fähigkeiten, aber wenn Sie nur Ihrem geraden Weg folgen, dann können Sie alles erreichen, was Sie sich wünschen. Wirklich alles.«

»Ach, Henni«, sagte ich und versuchte die Sache mit einem Lachen wegzuwischen, aber sie blieb ernst:

»Ich wollte, ich hätte Ihre Möglichkeiten. Sie sind eine Siegerin.«

In den Wochen darauf mehrten sich Zeichen, die Hennis Prognose Lügen straften. Zeichen, die ich zunächst nicht richtig zu deuten wußte. An einem Freitagabend fand ich Henni in Tränen aufgelöst im hintersten Winkel des ansonsten leeren Wartezimmers hocken. Auf meine Fragen zeigte sie nur schluchzend in Richtung Empfangstheke. Darauf lag ein in Zeitungspapier eingeschlagenes Paket. Ich wickelte es aus: Es war ein gerupftes und ausgenommenes Hühnchen.

»Ich kann nicht, ich kann ...« weinte Henni.

»Wie kommt denn das Huhn hierher?« Ich dachte, jemand, der Hennis Empfindsamkeit kannte, habe ihr einen gemeinen Streich gespielt.

»Ich habe es gekau...hauft!«

»Wieso das denn? Ich dachte, Sie essen kein Fleisch?«

»Natürlich nicht. Aber ich erwarte einen Gast, der das vegetarische Zeug bestimmt nicht mag. Und ich dachte, Hühnchen sei noch am harmlosesten. Aber ich kann nicht!«

Sie kam vorsichtig ein wenig näher und beäugte den nackten Vogel aus der Mitte des Zimmers. Auf einmal schrie sie auf. »Sehen Sie sich's an: Es sieht aus wie ein Baby! Wie ein Baby! Wir müssen es beerdigen!«

Ich wickelte das Huhn wieder ein und sagte: »Kommen Sie, Henni, wir bringen es gemeinsam weg.«

»Ich kann nicht! Ach, bitte, bitte, tun Sie's für mich. Sie müssen's für mich beerdigen. Ich bin Ihnen auch ewig dankbar.«

Es muß wieder das Grün ihrer Augen gewesen sein, das es mir unmöglich machte, ihr etwas abzuschlagen, sogar wenn es solch ein ausgemachter Unsinn war.

»Ich tu's«, versprach ich. »Ich beerdige es für Sie.«

Zuerst dachte ich daran, das Huhn selbst zu braten und zu essen – ich finde es nicht in Ordnung, frische Lebensmittel wegzuwerfen –, aber irgend etwas hielt mich davon ab. Ich versenkte es also im nächsten Container. Kaum hatte ich den Deckel fallen gelassen, überfielen mich furchtbare Gewissensbisse. Ich sah mich um, ob mich auch keiner beobachtete. Dann schlug ich verstohlen ein Kreuzzeichen über dem Mülleimer.

Nur wenige Tage nach dem merkwürdigen Zwischenfall mit dem Huhn weigerte sich eine Patientin, einen Abstrich machen zu lassen. Sie sagte, der Mond befinde sich nicht in der richtigen Phase. Als ich ihr etwas scharf antwortete, auf solchen Humbug würde ich keine Rücksicht nehmen, es gehe um ihre Gesundheit, erwiderte sie, daß es sie überrasche, daß ein Mann in solchen Dingen mehr Verständnis zeige – sie brauche schließlich nur eine Tür weiter zu Doktor Fellner zu gehen, der habe den Einfluß des Mondzyklus in seine Behandlung integriert.

Und dann schließlich bestätigte ein Blick durch das Mikroskop den Verdacht, den ich auf Grund eines widerlichen vaginalen Brennens bereits gehegt hatte: Ich hatte Trichomonaden.

Als Frank mich zum Essen einlud, um etwas mit mir zu besprechen, glaubte ich zu wissen, was auf mich zukam. Er sagte, ich hätte wohl schon bemerkt, daß sich zwischen Henni und ihm etwas angebahnt habe. Nun, das hatte ich, in der Tat. Ich sagte nichts von den Trichomonaden. Frank hätte sich fragen können, wie es möglich sei, daß er mich angesteckt hatte – vorsichtig, wie er war. Er sagte, er rechne mit meinem Verständnis, zwischen uns beiden sei es schließlich immer nur ein erweitertes Arbeitsverhältnis gewesen, sozusagen, wenn auch ein sehr angenehmes. Dabei prostete er mir zu. Daher hoffe er auch auf meine Kooperationsbereitschaft bezüglich dieser anderen Sache.

»Die Verbindung mit Henni ist auch eine spirituelle«, sagte er, ohne mit der Wimper zu zucken. »Wir wollen alle Lebensbereiche miteinander teilen. Sie hatte die fabelhafte Idee, die erste kombinierte Astrologie-Gynäkologie-Praxis zu eröffnen. Wir werden uns den Problemen der Patientinnen ganzheitlich widmen, jeder von seiner Seite.«

Ich verstand immerhin genug von Gelddingen, um zu begreifen, daß das womöglich eine äußerst lukrative Idee war.

»Und nun komme ich zu unserem Problem: Da die Praxis nur zwei Räume hat, wird Henni dein Zimmer brauchen. Natürlich wollen wir dich nicht verjagen ...«

Soweit ich mich erinnere, säuberte er sich an dieser Stelle die Zähne mit der Zunge, wobei er die Oberlippe hochzog – ich hatte noch nie etwas Vergleichbares an ihm beobachtet.

»... Henni hat sich darüber Sorgen gemacht. Aber ich weiß ja, daß das Spirituelle ganz und gar nicht deine Richtung ist, kein Wunder, schließlich bist du ja Jungfrau – du würdest also ohnehin nicht bleiben wollen. Ich weiß natürlich ...« Dabei ergriff er meine Hand. Ich erinnere mich, auf seinen behaarten Mittelfinger gestarrt zu haben, als sähe ich ihn zum ersten Mal. »... daß ich eine dreimonatige Kündigungsfrist einhalten müßte, aber schließlich sind wir gute Freunde ... mehr als gute Freunde«, er lachte kehlig, »und ich hoffe, wir haben es nicht nötig, etwas über einen rechtlichen Umweg zu klären. Henni und ich würden nämlich gern so bald wie möglich beginnen.«

Die schwere Krankheit, die ich mir danach zuzog, habe ich ganz allein mir selbst zuzuschreiben. Die Kombination von Trichex und Alkohol verursacht Übelkeit, und in einem unverzeihlichen Schub von Selbstmitleid glaubte ich, ohne Alkohol nicht auszukommen, und verzichtete deshalb auf die Einnahme der letzten Dosis. Als ich zwei Wochen darauf mit hohem Fieber ins Krankenhaus eingeliefert wurde, stellte sich heraus, daß ich mir auf diese Weise mehrere Kolonien von antibiotikaresistenten Bakterien herangezüchtet hatte. Dank meiner eisernen Konstitution überstand ich die Sache, und außer, daß ich keine Kinder mehr bekommen kann, fehlt mir heute nichts mehr.

Leider hatte ich den Vertrag mit Frank allzu bereitwillig aufgelöst – man kann sagen, ich habe ihn ihm vor die Füße geworfen –, so daß mein Versicherungsschutz ausgelaufen war. Wie man sich denken kann, sah meine finanzielle Lage nach der Entlassung aus dem Krankenhaus daher ziemlich übel aus. Gott sei Dank konnte ich eine Praxisvertretung für eine Kollegin in Karenz übernehmen. Zusätzlich fuhr ich dreimal in der Woche Rettungsdienste, und mein Partner bei diesen Fahrten – ein Hospitant aus Ghana – trug ganz wesentlich dazu bei, daß es mit mir wieder aufwärtsging.

Sein Name war Jim, und ich weiß nicht, ob es daran lag, daß Afrikaner – wie behauptet wird – in sexuellen Dingen viel unverkrampfter sind als Europäer, oder einfach daran, daß er vierzehn Jahre jünger war als ich (und achtzehn Jahre jünger als Frank!), jedenfalls hatten wir eine wirklich gute Zeit miteinander. Wir lachten viel, seine Lippen waren elastisch wie Gummibälle, und seine Küsse in ihrer Weichheit mit nichts zu vergleichen – (außer vielleicht mit dem Kuß, den ich einmal von Henni bekommen hatte). Haben Sie schon einmal beobachtet, daß bei Schwarzen die Handinnenflächen zwar rosig, die Linien aber braun sind, als hätte ein Kind sie mit dem Filzstift nachgemalt? Und auf den Fußsohlen ist es genauso! Ich sah mir oft Jims Füße an und zog die Linien nach, und er mußte lachen, und wenn es ihn allzusehr kitzelte, wehrte er sich und zwickte mich mit seinen Zehen, die beweglich waren wie Finger.

Es ging mir also rundum gut, als ich eines Morgens »Die Nächste, bitte!« sagte, und Henni hereinkam.

»Sie müssen mir helfen«, sagte sie und hockte sich scheu auf die Stuhlkante, ganz ähnlich wie bei jenem ersten Mal. »Ich werde einfach nicht schwanger.«

»Soviel ich weiß, haben Sie da doch Ihre eigenen Mittel.«

»Oh, das ist es nicht. Wir versuchen es ganz offiziell. Frank möchte ein Kind von mir, aber es klappt einfach nicht.«

»Und da kommen Sie zu mir?!«

»Zu Ihnen habe ich Vertrauen. Das war schon im ersten Moment so, wissen Sie nicht mehr – Gegenpole?«

Als ich schwieg, sah sie mich ernsthaft an – das wäßrige Grün ihrer Augen war ungetrübt – und sagte: »Sie denken vielleicht, Sie sind mir böse, aber das sind Sie gar nicht. Vielleicht haben Sie das Gefühl, daß Sie's doch sind, das liegt aber nur an der paradoxen Reaktion.«

»Was?« Sie hatte mich schon wieder an der Angel.

»Das Nicht-Annehmen-Können Ihres eigenen Wesens – wegen der Doppeljungfrau – sehen Sie, ich hab nichts vergessen, ich mußte immerzu an Sie denken.«

»Ich habe auch oft an Sie gedacht, Henni.«

»Das freut mich«, sagte Henni. Es klang vollkommen aufrichtig. »Sehen Sie, Sie haben mir damals beim Essen ja erzählt, daß zwischen Frank und Ihnen nichts Richtiges läuft, das war doch praktisch eine Aufforderung. Ich denke mir das so: Sie haben immer gewußt, daß Sie nicht die Richtige sind für Frank. Sie konnten es natürlich nicht formulieren, Sie hatten ja keine Ahnung von Astrologie, aber gespürt haben Sie es. Sie haben ja noch nicht einmal versucht, ein Kind von ihm zu bekommen, das sagt doch alles. Aber anständig wie Sie sind, wollten Sie ihn nicht einfach sitzenlassen. Und da kam ich zur Tür herein und ...« Hennis Stimme wurde ganz leise, und sie zwirbelte wieder an ihrem Rock wie damals. »... und ich glaube, Sie mochten mich, stimmt's?«

Es folgte ein schräger grüner Blick, und ich kann nicht behaupten, daß ich dagegen unempfindlich geworden wäre. Mir wurde klar, daß ich diese Blicke vermißt hatte.

»Also haben Sie Frank und mich praktisch zusammengebracht. Und deswegen können Sie mir gar nicht böse sein, das habe ich gleich gewußt.«

Die Untersuchungen zeigten, daß ihre beiden Eileiter völlig verklebt waren, was bei Kenntnis ihrer Vorgeschichte wenig verwunderte.

»Frank darf auf keinen Fall erfahren, daß da unten was mit mir nicht Ordnung ist«, sagte sie. »Ich glaube, das könnte er nicht verwinden, als Löwe und als Gynäkologe. Und wir wollen doch heiraten.«

Ich vermittelte ihr einen Termin zum Durchblasen und begann dann mit einer Hormontherapie. Ich bestellte sie jeden Morgen in die Praxis, um zu beobachten, wie sich die Dinge entwickelten. Eines Tages, als ich mir Henni von innen betrachtete, sprang mir ein Ei geradewegs entgegen.

»Es ist fast soweit«, sagte ich, als ich zwischen ihren Beinen auftauchte. »Ich verabreiche Ihnen jetzt noch ein Mittel, das die Sache beschleunigen wird.«

»Was ist es?« fragte Henni ängstlich, als ich mit der Applikatorkanüle aus dem Nebenraum kam.

»Oh, es wird nicht weh tun.«

Henni hing wie ein gespreizter Frosch im Stuhl und lächelte mich an.

»Es ist etwas völlig Neues. Sie wissen doch, mit siebzehn braucht man einem Mann nur mal tief in die Augen zu schauen, und schon ist man schwanger.«

Henni seufzte zustimmend.

»Später ist das nicht mehr so. Das liegt an der Schleimhaut. Die jugendliche Schleimhaut ist so prall durchblutet, daß sie das befruchtete Ei praktisch ansaugt. Sie schnappt es sich und zerrt es in ihr Nest. Und das hier ...« Ich schüttelte die Kanüle mit der weißlichen Flüssigkeit vor ihren Augen. »... verschafft Ihnen für einige Tage die Schleimhaut eines jungen Mädchens.«

»Ich wußte gar nicht, daß es so was gibt!«

»Wie gesagt, es ist brandneu. Sharon Stone und Madonna haben es schon benutzt. Aber in Europa ist es noch nicht zugelassen. Sie müssen mir versprechen, niemandem zu erzählen, daß ich es bei Ihnen angewandt habe. Ein Kollege hat es mir aus dem Ausland geschickt.«

»Sie haben das extra für mich besorgt?« Hennis grüne Augen wurden feucht. »Hören Sie, wenn jemals einer zu Ihnen sagt, Sie hätten ein kaltes Naturell, von wegen Jungfrau und so, dann geben Sie dem Kerl meine Nummer, damit ich ihm was über Sie erzählen kann, ich meine, wie Sie wirklich sind.«

»Schon gut«, sagte ich rauh – ich wollte vermeiden, daß sie anfing zu weinen. »Wichtig ist, daß Sie Frank ab heute zu drei Tagen völliger Enthaltsamkeit bringen, damit das wertvolle Zeug nicht vorzeitig weggespült wird. Außerdem konzentriert das den Samen. Schützen Sie Kopfweh vor oder eine ungünstige Mondphase. Und danach müßte es klappen. Viel Glück!«

Neun Monate lang habe ich nichts mehr von den beiden gehört. Frank hat die Schwangerschaft wohl selbst betreut, aber daß von Henni kein Wort des Dankes kam, hat mich doch ein wenig enttäuscht.

Aber dann rief eines Tages Mariella, die Studentin, die mit mir die Rettungseinsätze fährt, seit Jim nach Ghana zurückgekehrt ist: »Hör dir das mal an! Deine Kollegen sind wirklich unglaublich.«

Sie glättete die Zeitung auf ihren Knien und las: »*Gynäkologe zerstückelt Ehefrau – Das Baby war schwarz. Laut Aussage einer Nachbarin war es zu immer heftigeren Auseinandersetzungen zwischen der jungen Frau und dem Gynäkologen Doktor F. gekommen ...* Kennst du einen aus deiner Zunft, der mit F anfängt?«

»Ich glaube nicht, daß sie die richtigen Anfangsbuchstaben nennen.«

Mariella zuckte die Achseln und las weiter: »*Die Frau hatte am 3. März einen gesunden schwarzen Jungen gebo-*

ren. *Offenbar hatte sie Vorahnungen, denn sie bat das Krankenhaus, das Kind für ein paar Tage zu behalten, während sie selbst nach Hause zurückkehrte ...«*

(Gute Henni. An Intuition hatte es ihr nie gefehlt.)

*»Die entsetzte Nachbarin berichtet: ›Am Anfang hat die Frau immer geschrien: ›Ich bin unschuldig! Ich bin unschuldig. Sie hat mich verhext‹. Aber nach einer Weile hat nur noch der Mann geschrien, und sie war still. Sie war sogar beim Fleischer einkaufen und ist wieder zurück. Deshalb habe ich mir dann keine Sorgen mehr gemacht.‹*

*Der Mord selbst hat sich offenbar in völliger Stille abgespielt: nach Aussagen der Ermittlungsbehörden hat keiner der Nachbarn etwas gehört. Dr. F. befindet sich in Haft und ist voll geständig. – Wie unheimlich.«*

Mariella schüttelte sich, sie ist ein Mädchen mit viel Vorstellungskraft.

»Das klingt direkt so, als wäre sie mit dem Mord einverstanden gewesen.«

»Ja«, sagte ich, »eine schreckliche Geschichte.«

Das Baby habe ich zu mir genommen. Ich habe es Siegfried genannt, nach meinem verstorbenen Vater. Frank habe ich einmal im Gefängnis besucht, um die Formalitäten zu klären. Schließlich ist das Baby *de jure* sein Kind. Er hat mir zur Abgeltung der Erziehungskosten die Praxis überschrieben – eine, wie ich denke, für alle Beteiligten befriedigende Lösung. Nachdem das Finanzielle geklärt war, wurde er sentimental und wollte sich seine Schuld von der Seele reden.

»Du kannst dir nicht vorstellen, wie schlecht sie war. Wenn sie mich nur betrogen hätte, das hätte ich noch ertragen.«

Er geriet ganz aus der Fassung und versuchte aufzustehen, was im Besuchszimmer nicht erlaubt ist. Der Wärter mußte ihn zur Ruhe mahnen.

»Aber sie hat das Offensichtliche geleugnet. Das hat mich zum Wahnsinn getrieben. Stell dir vor, sie wollte sogar dich mit hineinziehen. Sie hat gesagt, du hättest sie verhext.«

Wider Willen mußte ich lächeln. Die gute Henni hatte immer an allerlei paranormale Kräfte geglaubt. Gewöhnlich finde ich so etwas lächerlich, aber an Henni war es zu Lebzeiten irgendwie liebenswert gewesen.

»Dabei habe ich mich ihr zuliebe mit Astrologie beschäftigt! Du bist Jungfrau, verdammt noch mal, Jungfrau! Jungfrauen haben keine magischen Fähigkeiten! Was hat sie denn geglaubt, mit wem sie redet? Mit einem Idioten?«

An dieser Stelle verlor Frank jegliche Haltung, und der Wärter führte ihn aus dem Raum.

Es tat mir nicht leid, es gab ohnehin nichts mehr zu sagen.


Wenn der kleine Siegfried jetzt auf meinem Schoß sitzt und mir seine schokoladebraunen Patschhändchen entgegenstreckt und lacht, denke ich, daß Henni recht hatte: Ich habe alles erreicht, was ich mir gewünscht habe.

Habe ich schon erwähnt, daß der kleine Siegfried Hennis grüne Augen hat? Wenn er einmal groß ist, wird er sich vor Mädchen nicht retten können, so wunderschön sind diese wäßriggrünen Augen in seinem dunklen Gesichtchen. Mein Herz wird ganz weit vor Freude, wenn er mich ansieht mit diesen grünen Augen, die nun den Rest meines Lebens in Liebe an mir hängen werden. Dafür werde ich sorgen.

# Amelie Fried
*Der Jungfrauenmörder*

Eine dickliche Hand griff nach der Packung mit den Ingwerkeksen.

»Laß das, Jasper, du wirst sonst noch fetter«, greinte die Stimme seiner Mutter. Schuldbewußt zog er die Hand ein Stück zurück. Im nächsten Moment grapschte er mit einer unerwartet schnellen Bewegung nach der Packung und lief, die Kekse an sich gedrückt, aus dem Zimmer. Verfolgt vom Keifen seiner Mutter flüchtete er in den Garten, drückte sich durch eine Öffnung im schadhaften Zaun und rannte mit seltsam watschelnden Schritten auf den Wald zu.

Die Sonne fiel in hellen Streifen durch das löcherige Dach aus Blättern und Zweigen, verfing sich in halbhohen Farnen und Gräsern und bildete helle Punkte auf dem weichen, morastigen Boden. Jasper wanderte zielstrebig in eine Richtung. Der Wald wurde dichter, das Licht gedämpfter. Schließlich schlug Jasper einen Haken und arbeitete sich ein Stück durchs Unterholz. Er schob eine Matte aus geflochtenen Zweigen zur Seite und schlüpfte in eine Erdhöhle. Mit einer Taschenlampe, die er dort deponiert hatte, tauchte er den Unterschlupf in trübes Licht. Jasper kauerte sich auf den Boden und stopfte einen Keks nach dem anderen in den Mund. Wie eine gefräßige Raupe verschlang er den letzten Krümel, stieß ein befriedigtes Seufzen aus und wischte sich mit dem Ärmel seiner verschossenen Jacke den Mund ab. Er umfaßte beide Knie mit den Armen und wiegte sich hin und her, dazu summte er eine einfache Melodie.

»Jasper ist lieb«, murmelte er plötzlich. »Jasper liebt Kekse. Jasper ist nicht fett.«

Sein kindliches Gesicht nahm einen traurigen Ausdruck an. Er griff nach einem Stock am Boden und begann, kleine Zeichen und Muster in die Wand aus festgeklopftem Lehm zu ritzen. Die Hälfte der Wand war schon mit den Zeichen bedeckt, er mußte viele Stunden damit zugebracht haben. Der Schein der Taschenlampe wurde schwächer, und Jasper schüttelte sie ärgerlich. Als das Licht zu flackern begann, schaltete er die Lampe aus. Erstaunlich behende für sein beachtliches Körpergewicht robbte er aus der Höhle.

Er nahm nicht den Weg zurück, den er gekommen war, sondern einen anderen, der ihn am Rande des Waldes entlangführte. Er hatte die Hände in den Taschen seiner ausgebeulten Cordhose vergraben und watschelte auf stämmigen Beinen voran.

In seinem Kopf kreisten allerhand Gedanken, die sich um seine Mutter und die von ihr ausgesprochenen Verbote drehten. Ingwerkekse zum Beispiel. Oder die bunten Magazine mit den Bildern nackter Mädchen, die Jasper außerordentlich anziehend fand. Seinen ganzen Verdienst gab er dafür aus, aber seine Mutter nahm ihm die Hefte weg und zerriß sie. Dazu stieß sie kleine, hohe Schreie aus, die Jasper befremdeten.

Er erreichte eine Bank, von der aus er die Ansiedlung sehen konnte, in der auch das schäbige Häuschen seiner

Mutter stand. Er lebte dort, seit er denken konnte, immer mit ihr. Seinen Vater kannte er nicht. »Der ist weggelaufen, als er gesehen hat, daß du ein Depperl bist«, hatte Mutter ihm einmal erklärt, und Jasper hatte genickt.

Er ließ sich schnaufend auf der Bank nieder und betrachtete die Häuser, die in einiger Entfernung vor ihm lagen. Ob die Häuser überall auf der Welt so aussahen? Jasper hatte nur eine vage Vorstellung davon, was die Welt war und wie sie aussah. Er wußte aber, daß es »fremde Länder« gab, und allein diese Worte ließen ihn vor Aufregung erzittern.

Ob er jemals ein fremdes Land sehen würde? Fremde Häuser, fremde Straßen, fremde Menschen? Eine merkwürdige Sehnsucht breitete sich in ihm aus, eine Ahnung dessen, was ihm versagt bleiben würde, weil er nicht ganz so war wie die anderen.

Plötzlich nahm er vor sich eine Bewegung wahr. Ein rotbraunes Eichhörnchen huschte übers Gras und hinter ihm einen Baum hoch. Er drehte sich um und folgte dem Tier neugierig mit den Augen. Es saß auf einem hohen Ast, eine Eichel zwischen den Vorderpfoten, und sah mit schwarzen Knopfaugen auf Jasper herab, der vor Freude in die Hände klatschte. Von diesem Laut verschreckt, huschte das Eichhörnchen davon.

Jaspers Blick wanderte suchend umher und blieb an einem hellen Fleck auf dem Waldboden hängen. Er erhob sich von der Bank und näherte sich dem Fleck. Überrascht blieb er stehen. Der Fleck war ein Arm, mit einer Hand dran. Warum lag ein Arm hier im Wald herum? Jasper leg-

te den Kopf schief und sah erstaunt auf den Körperteil herab. Wo ein Arm ist, muß ein Körper sein, beschloß er und
bückte sich. Er ergriff den Arm, der sich merkwürdig kalt
anfühlte, und zog. In der Tat, an dem Arm hing was
Schweres, das merkte Jasper sofort. Dieses Schwere war
aber bedeckt von Erde und Zweigen; seine Kräfte reichten
nicht, es herauszuziehen. Er schob das Erdreich, die Steine
und Äste zur Seite, grub und wühlte, bis er den Körper
freigelegt hatte.

Und was für einen Körper! Bewundernd betrachtete
Jasper das nackte, junge Mädchen, das vor ihm lag und das
ihm weitaus schöner erschien als all die Mädchen in den
Magazinen. Er strich ihr die Haare aus dem Gesicht und
sah sie sich genau an. Schnell wandte er den Blick von ihren starren Augen und konzentrierte sich lieber auf tiefere
Regionen. Die Brüste zum Beispiel. Wunderbar runde,
glatte Brüste mit rosa Nippeln, die Jasper an die Himbeerbonbons erinnerten, die er im Lebensmittelgeschäft
manchmal geschenkt bekam. Speichel lief ihm aus dem
Mund und tropfte auf den Bauch des Mädchens, von wo
aus er in die kleine Nabelkuhle lief. Jaspers dicker Zeigefinger bohrte sich in die Kuhle und verschmierte seine
Spucke mit der Erde, die sich dort gesammelt hatte. Als
seine Hand das haarige Dreieck darunter berührte, zuckte
sie zurück. Das war bestimmt verboten! Andererseits ...
Jasper sah sich um. Weit und breit war niemand, der ihn
daran hätte hindern können. Zaghaft strich er mit der fla-
chen Hand über die krause, kleine Haarfläche und lachte,
weil es kitzelte.

Er hätte das Mädchen gerne stundenlang weiter betrachtet und berührt, aber irgend etwas sagte ihm, daß er hier nicht bleiben konnte. Mit diesem Mädchen stimmte etwas nicht. Es war zwar sehr schön, kein Zweifel. Aber es bewegte sich nicht. Überhaupt nicht. Und die Augen starrten immer noch so komisch. Jasper war sich nicht ganz sicher, aber er glaubte, daß dieses Mädchen tot war.

Tote Tiere, die im Wald herumlagen, waren kein Problem. Die wurden von anderen Tieren gefressen. Aber tote Menschen? Die waren ein Problem, soviel war Jasper klar. Fieberhaft überlegte er, was er tun sollte. Wahrscheinlich müßte er ins Dorf laufen und jemandem Bescheid sagen. Aber er wollte das schöne Mädchen nicht hergeben. Er wollte nicht, daß irgendwelche Leute kamen und es wegtrugen. Er wollte es behalten, ganz für sich allein, um es immer wieder ansehen zu können.

Es war ganz schön anstrengend, seinen Fund durch den Wald bis zur Höhle zu tragen. Immer wieder verfingen sich Jaspers Füße im Gestrüpp, und er drohte zu stolpern; außerdem war der tote Körper so schwer, daß Jasper unter seiner Last zusammenzubrechen drohte. Völlig erschöpft erreichte er endlich sein Ziel. Er schob die Abdeckung zur Seite und kroch in die Höhle. Dann zog und zerrte er an den Füßen des Mädchens, bis ihr Körper ganz im Inneren der Höhle verschwunden war. Schwer atmend ließ er sich nieder. Es war finster, die Batterien der Taschenlampe waren leer. Nur durch den Eingang fiel schwaches Licht, und schemenhaft konnte Jasper die Umrisse des Mädchens er-

kennen. Das ärgerte ihn, weil er es weiter betrachten wollte. Nun blieb ihm nur eines. Sorgfältig entkleidete er sich
und rollte seinen dicken, weißen Körper auf den des Mädchens. Wenn er ihn nicht sehen konnte, so wollte er ihn
wenigstens spüren.

Es war spät in der Nacht, als Jasper zu Hause eintraf, wo
seine Mutter ihn aufgeregt erwartete. »Wo bleibst du denn,
du dummer Bub? Ich mach mir Sorgen! Stell dir vor, die
Marta ist verschwunden!«

»Die Ma... Marta? Kennt Jasper nn... nicht«, stotterte
Jasper.

»Die Tochter vom Huber, natürlich kennst du sie. Jedenfalls ist sie weg. Das ganze Dorf ist auf den Beinen.«

Jasper setzte sich an den Küchentisch. »Jasper hat Hu...
Hunger, Mama.«

Marta hatte sich irgendwie verändert. Gleich am nächsten
Tag hatte Jasper sich neue Batterien für die Taschenlampe
besorgt und war in den Wald gegangen, um sie weiter zu
betrachten. Tatsächlich lag sie auch noch in seiner Höhle,
genau da, wo er sie abgelegt hatte. Aber sie sah anders aus.
Die Wangen waren eingefallen, als hätte sie über Nacht
abgenommen, und ihre Haut hatte sich leicht verfärbt. Da
und dort entdeckte Jasper häßliche dunkle Flecken. Er
war traurig. Sie war doch sein schönes Mädchen! Sie sollte so bleiben, wie sie gewesen war, als er sie gefunden hatte.

Am nächsten Tag war es noch schlimmer, und nach einigen weiteren Tagen nahm Jasper einen unangenehmen, süßlichen Geruch wahr. Er entdeckte Würmer, die über das Gesicht von Marta krochen und sich in ihren Augenhöhlen eingenistet hatten.

Nun hatte Jasper genug. Er wickelte Marta in eine Decke ein, die er mitgebracht hatte, trug sie an eine entfernte Stelle im Wald und verscharrte sie unter Erdreich und Zweigen.

Er weinte, als er in seine Höhle zurückgekehrt war. In seinem Magen war ein heftiges Ziehen, er wollte, nein, er mußte unbedingt wieder einen Körper betrachten und berühren. Aber die Mädchen im Dorf liefen weg, wenn sie ihn sahen. Nie hatte eine von ihnen ihm erlaubt, sie zu berühren. »Das Monster, das Monster!« kreischten sie, wenn er nur in ihre Nähe kam.

Seit einer Stunde schon lag Jasper auf der Lauer. Der Spielplatz war ein guter Ort; dort trafen sich die Jugendlichen des Dorfes am Abend, um heimlich zu rauchen und miteinander zu knutschen. Jasper hatte sie schon oft beobachtet, mit offenem Mund und kugelrunden Augen. Anfangs hockten die Mädchen auf einer Seite, die Jungen auf der anderen. Sie taten so, als bemerkten sie sich gegenseitig nicht. Die Jungen spielten Autoquartett und spuckten auf den Boden. Die Mädchen probierten Lippenstift aus und flüsterten. Irgendwann schlenderte ein Junge in die Nähe der Mädchen und machte eine Bemerkung, die von den Mädchen mit heftigem Gekicher quittiert wurde. Ein zweiter Junge folgte, und allmählich löste sich die getrennte Formation auf. Bald legten die Jungen ihre Arme um die Schultern der Mädchen, und irgendwann begannen sie, sich zu küssen. Jasper vergaß vor Aufregung zu schlucken, und dünne Speichelfäden rannen aus seinem Mund. Er knetete seine dicken, kurzen Finger und trat von einem Fuß auf den andern. Wenn die Jugendlichen ihn bemerkten, begannen die Mädchen zu kreischen, und die Jungen versuchten, ihn wegzujagen. Manchmal lief er davon, manchmal machte er ein knurrendes Geräusch, und die Jugendlichen zogen sich zurück.

Heute verhielt Jasper sich so leise, wie er nur konnte. Er hatte sich hinter einem Schuppen versteckt, in dem ausgediente Spielgeräte verwahrt wurden, und beobachtete vorsichtig das Geschehen. Es waren weniger Jungen und Mädchen da als sonst, und die Stimmung schien gedrückt. Ein Mädchen weinte, ein anderes hielt es umarmt und tröstete es. Die Jungen standen unbeholfen daneben.

Jasper spürte instinktiv, daß ihr Verhalten etwas mit Marta zu tun hatte. Vielleicht waren sie befreundet gewesen. Fast wollte er hinlaufen und ihnen sagen, daß sie nicht traurig sein sollten. Daß Marta nicht mehr schön war. Daß er sehr lieb zu ihr gewesen war.

Die Jugendlichen verließen den Spielplatz und kehrten zurück ins Dorf. Jasper folgte ihnen. Die Jungen winkten den Mädchen noch mal zu und verschwanden in der Mühlengasse. Die zwei Mädchen gingen Arm in Arm weiter. Vor einem Haus verabschiedeten sie sich. Ein Mädchen betrat das Haus, das andere ging alleine weiter.

Jaspers Herz klopfte wild. Er folgte dem Mädchen

durch die Wernerstraße. Hier ging er jeden Morgen ent-
lang; es war der Weg zum Tagesheim. Das Mädchen ging
jetzt schneller, Jasper konnte kaum Schritt halten. Es bog
in eine kleine Seitenstraße ein, die als Sackgasse am Gelände einer großen Baufirma endete. Das Mädchen drehte
sich mehrmals um, offenbar hatte sie Jasper entdeckt. Sie
begann zu laufen, Jasper folgte ihr schnaufend.

»Wa... warte!« rief er. Er wollte doch nichts Böses. Er
wollte sie nur ansehen.

Das Mädchen dachte nicht daran zu warten. Es lief auf
das Gelände der Baufirma zu, suchte zwischen den Häu-
sern einen Durchschlupf zur Parallelstraße, entdeckte keinen und blieb schließlich keuchend vor einem hohen Lattenzaun stehen. Jasper näherte sich langsam.

»Was willst du, ekelhaftes Monster?« rief sie angriffslu-
stig.

»Jasper ist k... kkein Monster«, rief er zurück. »Jasper
iii... ist ganz lieb.«

»Hau ab!« schrie das Mädchen jetzt, drehte sich um und
wollte weiterlaufen.

Aber da hatte Jasper sie erreicht. Er packte sie mit beiden Händen und hielt sie fest. Das Mädchen strampelte
und schlug um sich, aber Jasper ließ nicht locker. Sie schrie
und beschimpfte ihn, versuchte nach ihm zu treten und
spuckte ihm schließlich ins Gesicht.

In Jaspers Kopf begann sich ein Feuerrad zu drehen. Er
fühlte heiße und kalte Wellen in sich aufsteigen, und bevor
er es selbst merkte, schlug er den Kopf des Mädchens gegen den Lattenzaun, immer wieder, damit sie endlich ruhig

war. Sie sackte in seinen Armen zusammen. »Jasper ...
ttt... tut dir ddd... doch nnichts«, stammelte Jasper und
wiegte sie hin und her. Er hob sie hoch und schleppte sie
auf das Firmengelände, hinter einen Bauwagen. Ganz langsam und liebevoll zog er ihr die Kleider aus, faltete sie zusammen und legte sie auf den Boden. Dann versenkte er
sich in ihren Anblick. Das Firmengelände war von großen
Straßenlaternen erleuchtet, und er konnte alles genau sehen. Das Mädchen war fülliger als Marta; sie hatte größere
Brüste und riesige Nippel, die Jasper mehr an Haselnuß-
makronen erinnerten als an Himbeerbonbons. Ihr Bauch
war nicht so flach wie der von Marta, und sie hatte viel
mehr Haare. Jasper überlegte, ob sie ihm gefiel. Er fand,
daß Marta schöner gewesen war, aber dieses Mädchen
wollte er noch lieber anfassen. Zum Glück atmete es. Es
war also lebendig.

Jasper wurde von großer Erregung ergriffen. Wenn er es
schaffen könnte, das Mädchen in seine Höhle zu bringen,
könnte er jeden Tag zu ihr gehen, und sie würde sich nicht
so gräßlich verändern wie Marta. Er würde ihr Essen mitbringen, ein Radio vielleicht; er würde sie streicheln und
ansehen und wäre endlich nicht mehr allein. Vielleicht
würde er sie nicht mal fesseln müssen. Vielleicht würde sie
von alleine bei ihm bleiben, wenn sie sah, wie lieb er zu ihr
war. Aber von hier bis zur Höhle im Wald war ein langer
Weg; niemals würde er sie so weit tragen können.

Noch während er überlegte, begann das Mädchen, sich
zu rühren. Sie schlug die Augen auf, sah Jasper und fing
wieder an zu schreien.

»Schschsch!« machte Jasper. »Sei dd… doch ru… ruhig!«

Das Mädchen richtete sich auf, sah an sich herunter, bemerkte, daß es nackt war, und schrie noch lauter. Es griff nach seinen Kleidern, preßte sie an sich und sprang auf.

Jasper packte einen Holzpflock, wie sie zum Bauen von Gartenzäunen verwendet werden und zu Hunderten neben dem Bauwagen aufgestapelt lagen. Er holte aus und traf das Mädchen, das im Begriff war wegzulaufen, am Hinterkopf. Mit leisem Stöhnen fiel es in sich zusammen und blieb reglos liegen. Aus der Wunde am Kopf sickerte Blut.

Jasper begann zu zittern.

»Jasper … www… wollte dir nnn… nichts Böses tun!« weinte er, und die Tränen tropften auf ihr Gesicht. »Nur anschauen, eee… ehrlich!«

Heftig schluchzend blieb er eine Weile neben dem leblosen Körper sitzen. Er war nicht sicher, ob sie noch atmete. Aus der Ferne hörte man eine Polizeisirene. Jasper hob den Kopf und lauschte.


Unaufhörlich griff die Hand in die Schachtel mit Ingwerkeksen. Jasper saß am Küchentisch, starrte vor sich hin und stopfte das süße Gebäck in sich hinein.

»Nun friß doch nicht so!« schimpfte seine Mutter und schlug ihm mit dem Kochlöffel auf die Finger. »Wofür koche ich Mittagessen?«

»Laß Jasper in Ruhe!« sagte er drohend und hielt den Löffel fest.

»Was hast du denn?« fragte die Mutter erschrocken. Ihr Sohn war zwar beschränkt, aber bisher immer sanftmütig gewesen.

»Jasper ist ttt... traurig«, gab er düster zur Antwort.

»Traurig, so so. Und warum?«

»Www... will na... na... nackte Mädchen ansehen.«

»Jasper!!!« Die Mutter schrie wieder in diesem hohen, schrillen Tonfall. Jasper drückte seine von den buttrigen Keksen verschmierten Hände gegen die Ohren und verzog schmerzlich das Gesicht.

»Ddd... arf Jasper ddd... dich ansehen?« fragte er flehend und streckte die Hand aus.

»Mich? Bist du wahnsinnig? Eine Schweinerei ist das!« keifte die Mutter, und Jasper kniff verzweifelt die Augen zusammen.

»Ni... ni... nicht schreien, Mama, Jasper ist ggg... ganz li... lieb.«

Die schrille Stimme schnitt weiter in sein Trommelfell, bis Jasper es nicht mehr aushielt. Er packte seine Mutter und schüttelte sie, bis sie erschrocken innehielt.

Es dauerte nur wenige Sekunden, da stieß sie einen weiteren Schrei aus, der Jasper traf wie ein Schlag ins Gesicht. Er spürte wieder die feurigen Räder, die heißen und kalten Wellen, und im nächsten Moment hatte er seine Mutter aufs Küchensofa geworfen und preßte ihr ein Kissen aufs Gesicht.

Das Zucken ließ bald nach. Jasper lockerte den Druck und sah unter das Kissen. Mit weit aufgerissenen Augen und einem wie zum Schreien geöffneten Mund starrte seine Mutter ihn an.

»Mmm… ma… ma?« fragte Jasper leise. Keine Antwort.

»Mama, ddd… darf Jasper ddd… dich jetzt ansehen?«

Die Mutter rührte sich nicht, und ein sanftes Lächeln zog über Jaspers Gesicht.

Er kleidete seine Mutter aus, langsam und liebevoll, legte ihre Kleider zusammen und betrachtete sie. Ihr Körper war ganz anders als die Körper der jungen Mädchen, stellte Jasper überrascht fest. Die Haut war faltig, die Brüste hingen schlaff herab und erinnerten Jasper an Wurstdärme ohne Füllung. Der Bauchnabel verschwand in einer Speckfalte, die Haare bildeten kein ordentliches Dreieck, sondern waren lang und flusig.

Jasper war enttäuscht. Trotzdem entkleidete er sich und rollte seinen dicken, weißen Körper auf sie. Wie oft hatte er sich gewünscht, von ihr gedrückt oder gestreichelt zu werden.

In Jasper kroch eine fürchterliche Wut hoch, gemischt mit Trauer. Er schlug auf die leblose Gestalt ein, die wie eine Gliederpuppe hin- und herwackelte. Schließlich fiel sie vom Sofa und blieb in einer komisch verrenkten Haltung am Boden liegen.

»Jasper ggg… geht jetzt«, teilte er mit. »Jasper lä… läßt ddd… dich all… alleine. Dddu bbb… bist bbb… böse und hä… häßlich, Mama. Jasper ha… hat ddd… dich nnn… nicht mm… mehr lieb.«

Er zog sich wieder an, packte Proviant in seinen Ruck-
sack, einen Wecker, ein Stofftier und die letzten zwei
Schachteln Ingwerkekse, die er im Küchenschrank fand.
Dann verließ er die Wohnung.

**Margaret Maron** *Diamonds are a Girl's Best Friends*

Als Laura Hart an jenem Samstagmorgen Anfang September die Haustür öffnete, war der Briefträger gerade damit beschäftigt, ihren Briefkasten mit Post vollzustopfen. Die Autoschlüssel in der einen Hand, eine teure schmale Lederhandtasche in der anderen, warf sie einen kurzen Blick auf ihre kleine goldene Armbanduhr und stellte fest, daß vor ihrer Verabredung zum Mittagessen noch genügend Zeit für einen kurzen Plausch blieb. Freundlichkeit und gute Manieren waren ihr wichtig.

»Sieht aus, als hätte hier jemand Geburtstag«, sagte der Briefträger und drückte ihr einen dicken Stapel Post in die Hand. Ein Umschlag in leuchtendem Rosa, dekoriert mit Sommerblumen, fiel auf den Boden, und er hob ihn schnell wieder auf.

»Ich«, sagte Laura und lächelte. »Morgen.«

Dreißig. Einer der Meilensteine im Leben. Anlaß, auf das Bisherige zurückzublicken und Pläne für die Zukunft zu schmieden.

Bereits während der ganzen Woche waren Glückwunschkarten von Freunden und Verwandten eingetroffen, die weiter entfernt wohnten. Ihre Schwester hatte ihr in einem schwarzgeränderten Brief scherzhaft ihr Beileid dazu bekundet, daß sie nun so alt sei; die Eltern und Schwiegereltern hatten lieb gemeinte, etwas sentimentale Glückwünsche geschickt. Die meisten anderen Karten waren juxige Beiträge zum Thema Älterwerden.

Sie dankte dem Briefträger, der ihr alles Gute zum Geburtstag wünschte, erkundigte sich nach der Arthritis in seinem Knie und hörte sich die Antwort an, als sei sie wirklich daran interessiert. Nachdem er sich zum Nachbarhaus aufgemacht hatte, legte sie die Rechnungen und Reklamesendungen auf den kleinen Tisch in der Diele. Die restliche Post steckte sie in die Handtasche, zu den anderen Karten, die sie ihrer Freundin Sylvia beim Essen zeigen wollte.

Es würde Sylvia guttun, wieder einmal richtig zu lachen, dachte Laura, während sie die kurze Strecke von ihrem Haus in der Innenstadt von Raleigh zu ihrem gemeinsamen Lieblingsrestaurant fuhr, das um die Ecke von der Glenwood Avenue lag. Sie beteuerte zwar immer wieder, es sei alles in Ordnung mit ihr, aber in letzter Zeit hatte sie einen so gereizten Eindruck gemacht, daß Laura sich fragte, ob es Sylvia vielleicht langsam dämmerte, daß es ein Fehler gewesen war, sich von Simon scheiden zu lassen. Ihr Text des gesamten zurückliegenden Jahres hatte gelautet: »Eine Jungfrau sollte niemals einen Schützen heiraten«; oder: »Schützen sind Schlappschwänze: ohne Power und Verantwortungsgefühl«; oder: »Schützen versprechen dir einen Diamanten und kommen dann mit einem Kieselstein an.« Und während der Scheidungsprozeß lief, hatte sie die ganze Zeit, albern wie ein verliebter Backfisch, von der bevorstehenden neuen Freiheit geschwärmt, davon, daß sie ihr Leben wieder in Ordnung bringen werde, und wie schön es sei, niemandem mehr Rede und Antwort stehen zu müssen.

In den letzten Wochen hatte sie jedoch immer öfter wehmütig von den vielen kleinen Dingen gesprochen, die sie vermißte, seit sie keinen eigenen Ehemann mehr hatte – Schütze hin oder her.

Wie Laura selbst war auch Sylvia Jungfrau, und ihr eigener siebenundzwanzigster Geburtstag lag nur fünf Tage nach dem dreißigsten von Laura. Im Gegensatz zu ihrer Freundin nahm Sylvia das tägliche Horoskop, das ja immer für sie beide galt, sehr ernst. Simon und sie hatten sich jahrelang fast nur gestritten, okay: Aber zu sagen, sie hätten sich scheiden lassen sollen – oder überhaupt niemals heiraten –, nur weil Simon im Dezember geboren war? So was Albernes, dachte Laura.

»Was sagst du denn zu Will und mir?« hatte sie gestichelt. »Deiner Meinung nach passen Zwilling und Jungfrau genausowenig zusammen, aber schau uns an: Fünf Jahre verheiratet, und wir könnten nicht glücklicher sein.«

Sylvia hatte mit den Achseln gezuckt. »Das liegt nur daran, daß er fast schon Krebs ist – der perfekte Gefährte für eine Jungfrau. Simon und ich dagegen sind genau in der Mitte unserer Sternzeichen.«

Laut Kalender mochte es September sein, aber die Sonne brannte so heiß wie im Juli, und die Luft hatte immer noch die klebrige Schwüle der Hundstage. Erleichtert trat Laura deshalb in die Kühle des klimatisierten Restaurants. Sylvia war schon da, elegant und wunderschön in einem ärmello-

sen grünen Leinenkleid, die langen blonden Haare hatte
sie mit einem passenden Seidenschal nach hinten gebunden, um ihre Perlenohrringe zur Geltung zu bringen. Obwohl sie eine ihrer engsten Freundinnen war, konnte Laura nicht umhin, die beginnende Schlaffheit in Sylvias
Oberarmen mit einer gewissen Schadenfreude zu registrie-
ren; ein wenig Hängefleisch oberhalb des Ellenbogens. Zufrieden dachte sie an ihre eigenen Oberarme, die dank täglichen Trainings herrlich straff waren, und an ihr purpur-
farbenes Kleid, das ebenfalls keine Ärmel hatte.

Jungfrauen achten doch angeblich auf jedes Detail,
dachte sie, und in einem plötzlichen Anflug von Zickigkeit
fragte sie sich, wann Sylvia wohl mitbekommen werde,
daß sie nicht mehr lange ärmellos herumlaufen konnte.

»Ich liebe diese Farbe«, seufzte Sylvia, als Laura sich zu
ihr an den Tisch setzte, »aber in Purpur sehe ich immer so
blaß und leblos aus.«

»Es heißt doch, blonde Frauen hätten mehr Spaß«, gab
Laura zurück, »da ist es nur gerecht, daß wir Brünetten
Purpur tragen können.«

Das Restaurant war nur mäßig gefüllt, und der Kellner
kam fast sofort, um ihre Bestellung aufzunehmen. Während sie Chardonnay tranken und auf das Essen warteten,
schlitzte Laura mit dem Buttermesser die bunten Um-
schläge auf, und kurze Zeit später lachten sie gemeinsam
über einige der gewagteren Geburtstagskarten, in denen
anzügliche Vorschläge unterbreitet wurden, wie dieser be-
sondere Tag am besten zu genießen sei. Eine Karte enthielt

sogar einen wurstförmigen, fleischfarbenen Luftballon mit einer derart detailfreudigen Gebrauchsanleitung, daß Laura rot anlief und die Karte schnell wieder in der Handtasche verschwinden ließ, während Sylvia laut losprustete.

Schließlich öffnete Laura einen kleinen, quadratischen Brief. Ihr Lächeln ging in Verwirrung über, und sie suchte auf dem elfenbeinfarbenen Umschlag nach einem Absender. Auf der Lasche war lediglich ein dunkles blaues F in Fraktur gedruckt.

»Was ist das?« fragte Sylvia.

»Ich weiß nicht. Ich dachte, es wäre noch eine Geburtstagskarte. Aber jetzt sehe ich, daß der Brief an Herrn und Frau Hart adressiert ist. Das Briefchen ist aber nur an Will. Es ist – oh mein Gott!« rief Laura, nachdem ihre Augen über die kurze Nachricht hinweggeflogen waren. »Hör dir das an, Syl. *Lieber Mr. Hart, es war mir ein Vergnügen, Sie kennenzulernen und Ihnen bei der Auswahl der Juwelen behilflich zu sein. Die Saphir-Ohrringe sind wirklich von ausgesuchter Schönheit. Ich hoffe sehr, daß dieses Geburtstagsgeschenk bei Mrs. Hart Anklang findet. Sie ist eine beneidenswerte Frau. Vielen Dank, daß Sie sich für unser Geschäft entschieden haben. Ich würde mich sehr freuen, Ihnen auch in Zukunft zu Diensten zu sein. Mit freundlichen Grüßen, Susan Dunsel, Juwelier Fitchett's«.*

Sylvias blaue Augen weiteten sich. »Fitchett's? Das ist das teuerste Juweliergeschäft in ganz Raleigh.«

Laura sah nochmals auf den Umschlag. »Der Poststempel ist verschmiert, aber es sieht so aus, als wäre der Brief gestern nachmittag abgeschickt worden. Sie hat bestimmt gedacht, er würde nicht vor Montag ankommen, also nach meinem Geburtstag.«

Ein freudiges Strahlen überzog ihr Gesicht, und sie schüttelte den Kopf, amüsiert und tadelnd zugleich. »Saphir-Ohrringe? Dieser süße, hinterhältige Kerl! Den ganzen Monat hat er mir erzählt, daß die Verkäufe zurückgegangen seien und er nicht mehr soviel Provision bekomme. Ich dachte, morgen würde nichts Aufregenderes passieren als ein Frühstück im Bett und vielleicht noch ein Dutzend Rosen.«

Wohl wissend, wie sehr Sylvia Ohrringe liebte, ganz besonders solche, die mit teuren Edelsteinen besetzt waren, überraschte es Laura nicht, daß sie beim Aufblicken in Sylvias blaßblauen Augen unverhüllten Neid sah. Neid – und noch etwas anderes. Wut? Sylvia war berüchtigt für ihr aufbrausendes Temperament.

Laura lehnte sich zu ihr über den Tisch und sagte: »Hör zu, Syl, versprich mir, daß du Will unter gar keinen Umständen etwas davon erzählst, okay? Er hat bestimmt etwas ganz Besonderes für diesen Tag geplant, und er wäre so enttäuscht, wenn herauskäme, daß ich schon vorher Bescheid wußte.«

»Als wenn ich dazu irgendeine Gelegenheit hätte«, sagte Sylvia spöttisch. »Ich habe das Sorgerecht für *dich*, für Will ist Simon zuständig, hast du das vergessen?«

Laura nickte. Das war auch so etwas, das zu den unangenehmen Folgen einer Scheidung gehörte. Befreundete Ehepaare konnten es kaum vermeiden, Partei zu ergreifen. Nach der Scheidung von Simon und Sylvia hatte Will gesagt, daß er keinen Wert mehr auf weiteren Kontakt zu Sylvia lege. Nicht, daß er viel Zeit mit Simon zu verbringen schien – die Freundschaft der beiden war ziemlich beiläufig gewesen und eher von ihren Frauen als von ihrem gegenseitigen Interesse in Gang gehalten worden. Aber Laura hatte angenommen, daß Wills Abneigung gegen Sylvia mit männlicher Solidarität zu tun hatte, und sie hatte seine Haltung akzeptiert. Glücklicherweise hatte Sylvia es nicht allzu schwer genommen, sondern eher darüber gescherzt, indem sie die ganze Sache mit der Aufteilung des ehelichen Hausrats verglich, so als wäre Laura das Geschirrservice und Will die Mikrowelle.

Den ganzen Winter über hatte Laura ein schlechtes Gewissen gehabt, weil sie Sylvia nicht zu sich einlud, wenn Will zu Hause war, aber ihre Freundin hatte nur mit den Achseln gezuckt. »Simon hat Will wahrscheinlich davon überzeugt, daß die ganze Scheidung nur meine Idee war.«

Großer Überzeugungsarbeit hatte es da sicher nicht bedurft. Sylvia hatte es ganz offensichtlich viel stärker aus der Ehe hinausgedrängt als den fassungslosen Simon. Und Laura hatte genug mitbekommen, um zu kapieren, daß es bei der Scheidung um mehr ging als um zwei Sternzeichen, die angeblich nicht zueinander paßten. Ganz anders als der arme Simon war Syl eine strahlende, extrovertierte Person, die sich keineswegs für den Rest ihres Lebens mit der Existenz einer gelangweilten Ehefrau hatte abfinden mögen und die mehr im Sinn hatte, als sich nur mit ihren Freundinnen zum Lunch zu treffen oder nach der Arbeit gemeinsam ins Sportstudio zu gehen.

Ganz sicher war auch ein Mann im Spiel, und zwar einer, den sie heiraten oder mit dem sie zumindest zusammenziehen wollte, sobald sie Simon losgeworden war.

»Ich bin zwar Jungfrau – aber keine, der es bestimmt ist, ohne Mann zu leben«, hatte sie damals geheimnisvoll gesagt.

Leider schien allerdings nichts in dieser Richtung zu geschehen. Die Scheidung war schon seit zwei Monaten rechtskräftig, aber Syl wollte noch immer nicht zugeben, daß es da jemanden bestimmtes gab. Außerdem war ihr Strahlen in den letzten Wochen deutlich schwächer geworden. Sie war oft mißlaunig und brauste schneller auf als sonst. Sie wirkte zur Zeit eher wie eine Frau, die damit rechnet, in allernächster Zeit selbst vor die Tür gesetzt zu werden.

Das Essen kam, Polenta mit Portabella-Pilzen und geräuchertem Mozzarella auf grünem Blattgemüse. Laura legte ihre Geburtstagskarten zur Seite und mühte sich die Mahlzeit über damit ab, die dunkle Wolke zu vertreiben, die plötzlich über ihrem Tisch schwebte. Sylvias quecksilbrige Stimmungswechsel waren berüchtigt in ihrem Freundeskreis. Sie konnte in der einen Minute strahlen und jede Menge Charme und Witz verbreiten – und in der nächsten übellaunig und gehässig werden. Aus irgendeinem Grund war ihre gute Laune von vorhin verschwunden. Sie trank schnell hintereinander drei Gläser Wein, fauchte den Kellner an und fragte die Leute am Nebentisch ruppig, was sie denn zu glotzen hätten.

Laura bereitete sich auf einen Eklat vor, und er kam

prompt, als sie das Lokal verließen. Sie hörte ein lautes Klirren und Scheppern hinter sich, und als sie sich umdrehte, sah sie, daß der Unglücksrabe von Kellner es irgendwie geschafft hatte, ein Tablett mit kalter Kartoffelsuppe genau den Leuten am Nebentisch in den Schoß zu kippen. Sylvia drehte sich nicht um. Mit hocherhobenem Kinn stand sie da und schien von dem Chaos in ihrem Rücken nicht die geringste Notiz zu nehmen.

Nur das zufriedene Lächeln auf ihren Lippen verriet sie.

Als sie vor dem Restaurant auseinandergingen, wünschte sie Laura noch einmal alles Gute zum Geburtstag. Sie vergiftete die süßen Wünsche allerdings sogleich, indem sie Laura spöttisch bat, den »perfektesten Ehemann der Welt« herzlich zu grüßen.

Am Montag griff Sylvia zum Hörer und rief Laura bei der Arbeit an. Sie hatte ihr einsames Wochenende in erster Linie mit quälendem Neid zugebracht, weil die glückliche Laura von ihrem knackigen Gatten nicht nur mit teurem Essen und Wein verwöhnt, sondern auch noch mit Saphir-Ohrringen beschenkt und ins Bett getragen würde.

Und was hatte sie an ihrem eigenen Geburtstag zu erwarten? Das Horoskop hatte vorausgesagt, es liege »etwas ganz Besonderes« in der Luft, aber Sylvia mochte es nicht wirklich glauben. Ihr Liebhaber hatte versprochen, an diesem Freitagabend zu kommen, aber er war in letzter Zeit höchstens so zuverlässig wie Horoskope. In der ersten Zeit hatten sie jede freie Minute miteinander verbracht. Aber jetzt kam es immer öfter vor, daß er angeblich länger arbeiten mußte. Verbrachte er wirklich so viel Zeit bei der Arbeit?

Sie wußte, es würde sie nur noch neidischer machen, wenn Laura ihr von dem extravaganten Geschenk vorschwärmte, das sie von Will bekommen hatte, aber sie rief trotzdem an und fragte: »Wie war dein Geburtstag?«

»Entsetzlich!« stöhnte Laura. »Der schlimmste meines Lebens.«

Zögernd fragte Sylvia: »Was ist denn schiefgegangen?«

»Ich kann nicht darüber reden, sonst kommen mir sofort wieder die Tränen. Können wir uns heute nach der Arbeit im Sportstudio treffen?«

Als Sylvia im Fitneß-Center ankam, zog sie schnell ihre Shorts und das Tank Top an, das sie immer beim Sport trug. Laura war schon da und strampelte wütend auf dem Fitneßrad. Ihr Gesicht glänzte vom Schweiß, und ihr dunkles Haar klebte in feuchten Kringeln an der Stirn.

»Um Himmels willen!« sagte Syvia und stieg auf das Fahrrad neben ihr. »Übernimm dich nicht, sonst kriegst du noch einen Herzinfarkt. Was ist denn passiert?«

»Mein Geburtstag ist passiert!« antwortete Laura gereizt. Sie unterbrach ihr Treten, um sich mit dem Handtuch, das auf dem Lenker lag, das Gesicht abzuwischen. »Morgens Frühstück im Bett, abends großes Dinner bei Antonio's.«

»Und?« fragte die Freundin erwartungsvoll.

»Und dazwischen fünfunddreißig Rosen. Eine rosa Rose für jedes Lebensjahr plus fünf rote in der Mitte für jedes der wunderschönen Jahre, die wir verheiratet sind. Romantischer geht's nicht, oder?« Wütend begann sie wieder zu strampeln.

Sylvia riß die blauen Augen auf. »Keine Saphir-Ohrringe?«

»Keine Ohrringe und keine Saphire.«

»Das versteh ich nicht«, sagte Sylvia, während sie gemächlich in die Pedale trat. »Was hat er denn gesagt, als du ihn gefragt hast?«

»Ich habe nicht gefragt.«

»Wie –?«

»Du, meine Familie, unsere ganzen Freunde – alle glauben, Will und ich sind das perfekte Paar. Und so sollte es auch sein. Aber du weißt ja, wie Will ist.«

Sylvia schüttelte den Kopf.

»Er ist Vertreter«, sagte Laura ungehalten. »Er kann Charme versprühen wie eine defekte Sprinkleranlage. Deshalb ist er ja auch so erfolgreich im Beruf. Und deshalb wiederum kann er es sich leisten, seiner Geliebten Saphire zu kaufen«, fügte sie bitter hinzu.

»*Was?*«

»Ach komm! Du hast doch auch schon miterlebt, wie er auf Parties mit meinen Freundinnen flirtet. Erinnerst du dich noch, was du geantwortet hast, als ich dir zum ersten Mal Wills Geburtsdatum genannt habe. ›Zwilling: sinnlich, impulsiv, stürmisch, wenn es um Frauen geht‹? Das kommt bei ihm so automatisch, ich glaube, er selbst kriegt es gar nicht mit. Die Hälfte der Frauen, die wir kennen, würde mich beiseiterempeln, um an ihn ranzukommen –

wenn sie das Gefühl hätten, sie hätten eine Chance. Du bist praktisch die einzige, bei der er es nie versucht hat. Denk doch nur an diese Karte von Fitchett's. Da sprang einem die Liebesglut ja nur so entgegen. ›*Ich würde mich sehr freuen, Ihnen auch in Zukunft zu Diensten zu sein*‹. Oh ja, da wett ich drauf. Vor allem im Bett.«

»Ach, Laura«, sagte Sylvia mitfühlend. »Quäl dich nicht. Glaubst du wirklich, daß er dir jemals untreu war?«

»Ich bin doch nicht blind, Sylvia. Ich krieg sowas mit.«

»Aber du bist dir nicht sicher, oder?«

»Ich bitte dich.« Laura winkte der Frau von der Theke zu, die ihnen Eiswasser brachte. Sie hielt sich die kalte Flasche an die erhitzte Wange. »Für wen sollte er diese Ohrringe denn sonst gekauft haben?«

»Für dich natürlich«, sagte Sylvia, während sie ihre Plastikflasche öffnete und einen Schluck nahm. »Oder er hat es sich anders überlegt. Möglicherweise waren sie ihm doch zu teuer, und er hat sie zurückgebracht. Hatte er nicht etwas von schleppenden Geschäften erzählt?«

»Ich weiß nicht, was ich ihm noch glauben soll.« Laura stellte die Wasserflasche neben sich auf den Boden und fing wieder an zu treten. »Er war in diesem Jahr soviel verreist – ich bin mir sicher, daß er mit irgend jemandem in einer anderen Stadt ein Verhältnis hatte. Soll ja schon vorgekommen sein, daß sich Männer noch mal eine Affäre gönnen, bevor sie sich dann mit vierzig endgültig zur Ruhe setzen, nicht wahr? Das verflixte siebente Jahr. Nur, daß es bei uns erst das fünfte ist. Ich habe nichts gesagt, weil ich gedacht habe, wenn ich den Mund halte, erledigt sich die

Sache irgendwann von selbst. Und so war es auch. Da bin ich mir ganz sicher. Die letzten Wochen waren absolut phantastisch. Er ist nicht mehr soviel rumgereist, es gab mehr Abende, an denen er früh zu Hause war. Aber jetzt hat er wieder eine Neue. Ich fühle es, Syl. Gestern, das war nichts als Fake. Wir haben nicht mal miteinander geschlafen.«

»Ich glaube, du bildest dir das alles nur ein«, sagte Sylvia energisch. »Wenn er die Ohrringe nicht zurückgegeben hat, dann wollte er sie vielleicht für euren Hochzeitstag aufheben.«

»Der ist im März.«

»Dann vielleicht für Weihnachten?«

Laura sah sie finster an: »Auf der Karte von Fitchett's stand was von Geburtstag.«

»Stimmt«, antwortete Sylvia nachdenklich.

Laura begann mit dem Cool-down und seufzte resigniert. »Ach, was soll's. Was passiert, passiert. Wahrscheinlich muß ich diese Sache einfach aussitzen. Danke jedenfalls, daß ich mich bei dir ausheulen konnte, Syl.«

Sylvia wischte sich mit dem Schweißband, das sie um das Handgelenk trug, den Schweiß aus der Stirn und lächelte zurück. »Dafür sind Freundinnen doch da, oder nicht?«

»Hast du vielleicht Lust, Freitag rüberzukommen? *Deinen* Geburtstag feiern? Will muß nach Chicago fliegen, er hat da am Samstagmorgen eine Konferenz. Wir könnten Liz und Martha einladen, Champagner aufmachen und eine richtige Pyjama-Party feiern.«

Sylvia schüttelte den Kopf. »Tut mir leid, aber ich hab schon was anderes vor. Mein Horoskop sagt, daß es für mich in diesem Jahr einen ganz besonderen Geburtstag gibt.«

»Tatsächlich?« Laura sah sie prüfend an. »Na so was! Tatsächlich! Du hast zum ersten Mal wieder dieses kleine süße Honigkuchenstrahlen im Gesicht. Da kann ich nur sagen, viel Glück, Mädel. Hoffentlich wird dein Geburtstag besser als meiner.«

Sylvia klopfte auf den hölzernen Tresen und sagte: »Das hoff ich auch!«

Während der restlichen Woche kreisten Sylvias Gedanken ausschließlich um ihren Geburtstag. Sie fieberte dem Freitagabend entgegen wie Kinder dem Weihnachtsmann.

Sie nahm es mit dem Haushalt nicht mehr so genau, seit Simon ausgezogen war, aber in dieser Woche hatte sie jeden Abend geputzt und gewienert, bis das ganze Haus vor Sauberkeit glänzte. Ein strahlender Eßzimmertisch war für zwei Personen gedeckt. Das Kerzenlicht spiegelte sich nicht nur in ihrem besten Porzellan und den schönsten Gläsern, sondern tanzte auch auf dem silbernen Sektkühler, in dem eine eisgekühlte Flasche Champagner auf ihren Geburtstagstoast wartete.

*Auf die Details kommt es an*, dachte sie voller Vorfreude, während sie das Tranchiermesser auf das Brett aus Walnußholz legte, auf dem sie das Chateaubriand zerlegen würde, sobald es aus der Bratröhre kam. Sie selbst war eigentlich kein großer Fleisch-Fan, aber für ihn konnte es nicht blutig genug sein.

*Jungfrauen genießen es, ihren Geliebten perfekt zu verwöhnen*, sagte Sylvia zu sich selbst und inspizierte noch einmal das Schlafzimmer. Kühle, duftende Laken warteten auf eine heiße Liebesnacht. Sie spürte, daß ihr Körper ganz weich wurde und sie nur so dahinschmolz, wenn sie daran dachte, wie dieser Abend enden würde. Sie war sich sicher, daß er an diesem Abend endlich jene langersehnten Worte aussprechen würde, auf die sie seit Monaten wartete – daß sie seine Frau werden solle.

Sie trug das Kleid, das ihm am besten gefiel – und darunter nichts außer einem in Spitze gefaßten Strapsgürtel und Strümpfe. Ihre langen blonden Haare umspielten sanft ihr Gesicht, so wie er es am liebsten mochte. Als sie hörte, wie sich sein Schlüssel im Schloß drehte, hastete sie zur Tür – sie konnte den ersten, gierigen Kuß kaum erwarten, nach all den Tagen, die sie voneinander getrennt gewesen waren. Sie war viel zu aufgeregt, als daß sie hätte feststellen können, ob seine Umarmung noch so leidenschaftlich war und seine Lippen noch mit derselben Begierde küßten wie zu Beginn ihrer Romanze. Sie hatte so furchtbare Angst gehabt, ihre Affäre könnte an langsamer Abkühlung zugrunde gehen. Aber jetzt war er ja da, lag in ihren Armen, groß und schön und so begehrenswert wie immer.

»Alles Liebe zum Geburtstag, Schatz!« sagte Will, als sich ihre Lippen nach dem langen Kuß voneinander lösten und er endlich sprechen konnte. Er hielt ihr eine kleine flache Schachtel hin, die in silbernes Papier eingepackt und so fest mit einer silbernen Kordel umwickelt war, daß ihre ungeduldigen Finger die Schleife nicht aufbekamen.

»Es ist so klein«, gurrte sie. »Und so leicht! Was in aller Welt kann das nur sein?«

»Nur eine Kleinigkeit, die ich letzte Woche noch schnell besorgt habe. Etwas für deine Sammlung.«

Sie lachte vor Entzücken und küßte ihn wieder. Männer waren so witzig. Als wenn es in ihrem Schmuckkästchen wirklich echte Edelsteine gäbe. Dies würden ihre ersten Saphire sein. Sie hätte es gleich wissen müssen, daß Will die Ohrringe für ihren Geburtstag gekauft hatte und nicht für Lauras.

»Ich hole lieber etwas, um die Kordel aufzuschneiden, bevor ich mir einen Fingernagel abbreche«, sagte sie.

Will folgte ihr ins Eßzimmer und liebkoste ihren Nakken, während sie mit dem Messer die Kordel durchschnitt und das Papier aufriß.

»Du riechst wundervoll«, sagte er mit dunkler Stimme und ließ seine Hand vorn in ihren Ausschnitt gleiten. »Warum lassen wir das Essen nicht ausfallen und gehen gleich zum Nachtisch über?«

»Ach, du Witzbold«, sagte sie zärtlich. Trotzdem bog sich ihr Körper unter seiner Hand vor Lust, und einen Moment lang vergaß sie beinahe das Geschenk.

Doch dann zog sie das silberne Geschenkpapier von der Schachtel, hob den Deckel – und erstarrte. Anstelle von Saphir-Ohrringen lag eine kleine, kunstreich gravierte Silbergabel mit zwei gebogenen Zacken in der Schachtel.

»Was –?«

»Das ist eine Zitronengabel«, sagte er stolz. »Der Anti-
quitätenhändler meinte, sie sei aus den 1860er Jahren. Ich
weiß, du hast mir deine Sammlung schon ein Dutzend Mal
gezeigt, aber ich konnte mich nicht erinnern. So eine hast
du doch noch nicht, oder?«

Sammlung, dachte sie düster. Meine Sammlung alberner
viktorianischer Servierbestecke.

»Die ist genauso süß wie du«, sagte Will und legte seine
Hände um ihre Brüste.

Sylvia hörte Lauras Stimme in ihrem Kopf: »*Aber jetzt
gibt es wieder eine Neue. Ich fühle es.*«

Wütend stieß sie seine Hand zur Seite und drehte sich
um. »Dein Geschenk für mich ist eine Zitronengabel? Und
wer bekommt die Ohrringe, Will?«

»Ohrringe?«

»Saphir-Ohrringe. Von Fitchett's. Ich weiß alles.«

»Na, dann weißt du ja mehr als ich«, antwortete er
ebenso wütend.

Sie war jetzt außer sich vor Zorn. Sie dachte an die ein-
same Woche, die sie verbracht hatte, an die Abende, an denen er ihr gesagt hatte, er sei geschäftlich unterwegs, und
daran, daß er sie genauso behandelt hatte wie Laura – wie
jemanden, dessen man sich sicher ist, eine Frau, die man
belügen und betrügen kann. Aber sie war nicht die kleine,
schüchterne Stell-ich-ihm-keine-Fragen-kommt-er-viel-
leicht-zurück-Laura.

»Was hast du dir gedacht, was das heute abend werden
soll?« schrie sie. Ihre Wut wurde um so größer, je mehr ihr
plötzlich klar wurde, wie schäbig er sie hatte benutzen

wollen. »Ein letztes Mal, bevor du dich zu saftigeren Wiesen aufmachst? Mit wem schläfst du noch?«

»Du spinnst ja«, tobte er zurück. Aber seine Schuldgefühle waren dermaßen offensichtlich, daß es ihm selbst klar war. »Ach, geh doch zum Teufel«, knurrte er. »Ich hab die Nase voll von deinen Tobsuchtsanfällen und deiner Eifersucht. Darauf kann ich liebend gern verzichten.«

Er drehte sich um und hatte sich gerade einen Schritt von ihr entfernt, als er plötzlich einen ungeheuren Schlag in seinem Rücken spürte, und dazu einen Schmerz, wie er ihn noch nie erlebt hatte. Irgend etwas hielt ihn fest, krallte sich um seine Lunge. Er wich zurück, schaute über seine Schulter – und erblickte das triefende Fleischermesser in ihren Händen. Von dessen tödlicher Spitze troff sein eigenes Blut.

Es war das letzte, was seine Augen sahen.

Die Polizeibeamten waren sehr rücksichtsvoll. Sie haßten es, wenn sie einer Frau die Nachricht überbringen mußten, daß sie jetzt Witwe war. Aber diese hier schien ihre Emotionen zum Glück im Griff zu haben, jetzt, da der erste Schock nachließ.

»Armer Will«, sagte sie traurig. »Sylvia war nicht seine erste Affäre, und sie wäre auch nicht seine letzte geblieben. Aber sie war die mit dem hitzigsten Temperament. Alle anderen sind still und leise verschwunden.«

»Sie hat die ganze Zeit etwas von einem Paar Saphir-Ohrringen herumgeschrien, Mrs. Hart. Daß er sie für eine andere gekauft habe.«

»Ohrringe?« fragte Laura und sah die Beamten an, als begreife sie gar nichts.

»Allerdings. Sie sagte, Sie seien der Meinung gewesen, daß die Ohrringe für seine neue Geliebte waren, und diesmal hätten Sie recht gehabt.«

Laura schüttelte den Kopf. »Es tut mir leid, aber ich habe wirklich nicht den geringsten Schimmer, wovon sie redet.«

Sie beantwortete die weiteren Fragen der Beamten mit stoischer Tapferkeit, aber als sie weg waren, ging sie ins Schlafzimmer und holte die Karte aus der Handtasche. Sie lächelte, als sie sie ein letztes Mal ansah. Einfach phantastisch, was man heutzutage mit einem Computer und einem guten Drucker alles zustande bringen konnte. Als ob Fitchett's – ausgerechnet *Fitchett's* – jemals eine Verkäuferin einstellen würde, die zu solch einer schwülstig-indiskreten Grußkarte fähig war! Der leicht verschmierte Stempel, den sie für diesen Umschlag kreiert hatte, war ein besonders netter Einfall gewesen. Und es tat ihr schrecklich leid, daß Sylvia sich nicht die Mühe gemacht hatte, ihn genauer zu betrachten.

Soviel zur angeblichen Detailbesessenheit von Jungfrauen, dachte sie verächtlich. Dieser ganze Sternzeichen-Quatsch! Wohin hatte er Sylvia gebracht?

Sie saß im Knast und wartete auf einen Mordprozeß. Sie hingegen war jetzt Witwe und hatte sich in einem Aufwasch eines betrügerischen Gatten und einer treulosen Freundin entledigt.

Genaugenommen war sie jetzt eine sehr wohlhabende

Witwe, dachte Laura, als ihr plötzlich Wills üppige Lebensversicherung einfiel, die großzügige Pension, die seine Firma bezahlen würde, die Aktien und die Sparbriefe, die sie gemeinsam erworben hatten.

Das gehörte jetzt alles ihr.

Sie hatte gehofft, Sylvia würde Will in einem Restaurant eine Szene machen, weil er ihren Geburtstag ohne die nicht-existierenden Saphir-Ohrringe begehen wollte. Sie hatte gedacht, daß Sylvia Will vielleicht öffentlich blamieren würde, ihm vielleicht sogar eins mit der Weinflasche über den Kopf geben, um ihn dann mit einer Gehirnerschütterung ins Krankenhaus zu bringen.

Sie hatte die beiden nur ein bißchen bestrafen wollen, bevor sie die Scheidung eingereicht hätte. Niemals hätte sie sich träumen lassen, daß die Dinge so gut laufen würden.

Sie zerriß die gefälschte Grußkarte von Fitchett's und spülte die Fetzen das Klo hinunter.

Fitchett's.

Wirklich ein hervorragendes Geschäft. Wenn die Erbschaftsformalitäten erst einmal geklärt waren, würde sie dort vielleicht einmal vorbeischauen. Und etwas Geschmackvolles für sich selbst kaufen. Etwas mit Smaragden zum Beispiel.

Oder mit Rubinen.

Saphire hatte sie eigentlich noch nie gemocht.

Aus dem Amerikanischen von Michael Wachholz

**Maria Gronau** *Virgin Scorpions*

## 1

»Post, Mädels!« Lea rief es uns schon von der Tür aus zu.
Wieder mal hatte sie es nicht ausgehalten und auf dem Weg
vom Briefkasten hinauf zu unserer Fabriketage alle Um-
schläge aufgerissen. In der Fabrik, wo unser Proberaum
ist, wurden früher mal Stützstrümpfe hergestellt. Dann haben irgendwelche Yuppies rumgemacht, bißchen die Wände gestrichen und so, und jetzt heißt der Scheiß hier Loft.
Stinkt aber immer noch nach Gummi und Öl. Keine Kennung, warum es in 'ner alten Stützstrumpffabrik nach Öl
stinkt.

»Und?« fragte Lilo.

»Wie immer.« Lea legte die Post neben die Kaffeetassen
auf den Tapeziertisch. »Wüste Beschimpfungen für uns,
Liebeserklärungen für Lisa.« Das war ich. Ist 'n Künstler-
name, klar? Wir haben alle Künstlernamen. »Bei den Typen bist du total angesagt, Little Rock Lisa.«

»Laß sehen!« Lilo kramte in den Briefen. »Soll ich vor-
lesen?« Ich nickte.

»Mein Ding ist so lang, wenn ich ihn euch reinschiebe,
kommt er euch aus'm Maul wieder raus«, las Lilo.

»Es«, sagte Lea. »Es kommt raus. Weil man kotzen
muß.«

»Hier is was Blumiges. Wie können Sie es wagen, die
zarte Pflanze Lisa durch Ihre perversen Texte zu verder-

ben? Man muß dieses wunderschöne Mädchen lieben. Sie aber zerstören es. Dein Retter, Lisa.« Lilo schob mir den Brief über den Tisch. »XXL aus Reutlingen.«

»Wenn die wüßten, daß du unsere Texte schreibst«, sagte Lea und kicherte. Sie nahm eine Kippe aus der Schachtel und warf sie mir zu.

»Besser, daß sie's nicht mal ahnen«, meinte Lilo, »sonst rücken die noch an, um Lisa zu befreien. Davon träumen die doch. In 'ner Ritterrüstung und auf'm Schimmel einzureiten, sich Lisa zu greifen, sie in ein Verlies zu stecken und dann zu bumsen. Von morgens bis mitternachts. Aus Edelmut.«

»Schaltet mal auf'n jugendfreies Programm um«, sagte ich und grinste.

»Lisa hat was Neues«, sagte Lilo. »Ein Schlaflied.«

»Schlaflied?« Lea zündete sich ihre Kippe an, dann kam das Zippo zu mir geflogen. Sie war 'n echtes Cowgirl, aber tausendmal cooler als die Ballermänner.

»Ein Schlaflied für alle Jungs«, sagte ich. Dann mußte ich erst mal husten. Lea hatte was reingebröselt in ihre Kippen. Dope, was sonst?

»Todesschlaf, hoff ich.«

»Hast du was anderes erwartet?« fragte Lilo.

»Lies vor!« befahl Lea, unsere Leaderin. Wir waren demokratisch, aber Lea hatte den meisten Durchblick. Die *Virgin Scorpions* waren ihre dritte Band. Ich las vor, muß aber zugeben, daß ich nervös war wie immer. Paar meiner Texte waren durchgefallen. Viele hatten wir gemacht.

*My nightmarish hymen*

*Sleep, my boy, sleep well.*
*In your dreams I want to tell*
*About the dark side of my body*
*The deep, deep darkness of the hell.*

*Between my legs you find a wall*
*There is no entry without toll*
*You have to pay with blood and pain*
*Begin to jerk, become insane.*

*Don't dream that you can ever hit*
*My and my sister's virginity*
*It's still your nightmare for eternity*
*And you'll become a bloody shit*
*During a witches' Sabbath.*

Ich traute mich nicht, Lea anzuschauen. Daß sie langsam, ganz langsam Rauch ausblies, hörte ich nur. Die letzte Strophe, das wußte ich, war mir nicht recht gelungen.

»Gut«, sagte Lea bloß. Ich hob den Blick. Die Falten auf ihrer Stirn verrieten mir, daß sie nicht wirklich überzeugt war.

»Am Ende holpert der Rhythmus bißchen«, sagte Lilo. »Aber da singen wir drüber weg. Ich hab schon 'ne Idee.«

»Nein, ist wirklich nicht übel«, sagte Lea. Sie stand auf, umrundete den Tisch, kam auf mich zu. »Für 'ne Sech-

zehnjährige überraschend frühreif und brutal«, sagte sie.
»Du schreibst über Dinge, die du gar nicht kennst, right?
Wie der Blinde von der Farbe. Trotzdem gut.«

Lea küßte mich hinter beide Ohren. Das war geil.


2

Ich war ein Vogel, der nicht fliegen konnte. Ich flatterte
hektisch, aber ich kam nicht vom Boden hoch. Das Dope
wirkte. Der Junge, der mich aufhob und streichelte, war
Jean. *Mon chaton*, sagte er, mein Kätzchen. Aber ich war
ein Vogel, ich war zum Fliegen bestimmt. Jean aus Straßburg. Klassenfahrt. Europafahrt. Als Kätzchen mußte ich
mich selber jagen. Mit mir spielen. Mich fressen. Wie immer. Jean.

»Wollte Fettauge nicht vorbeikommen?« fragte Lea.

Fettauge nannten wir unseren Manager, weil er 'n Hau-
fen hoffnungsvoller Newcomer ruiniert hatte und trotzdem oben auf der Suppe schwamm. Er war irgendwas, das
es gar nicht gab, 'n jüdischer Türke oder so, geboren in
Bochum wie ich. Als er mal mit Grönemeyer in 'ner Kneipe gesessen hat, erzählt er, hat Grönemeyer ihn komisch
angeguckt, und gleich wollte er Produzent werden. Alles
Müll. Fettauge hat seine Pfoten in allerlei krummen Geschäften und benutzt uns, glaub ich, als Geldwaschanlage.
Uns ist's egal, solange er Kohle ranbaggert und nicht verlangt, daß wir *Calgonit* schlucken.

Klassenlehrer Kilb, Deutsch- und Französischlehrer am
Gym für Minderbemittelte, integriert und europäisch und

voll mit Behinderten, Kilb kriegte echt 'nen Ständer, als er
uns all das Fachwerk zeigen durfte. Straßburg, das war mal
deutsch gewesen und dann nicht mehr und dann wieder
und dann wieder nicht, und Goethe hatte hier rumgehurt,
aber das sagte Kilb natürlich nicht, Kilb ist SPD und vor-
nehm und legt gern seine Pfoten auf Mädchenschultern.
Straßburg, die Partnerschule, *Lycée Johann Wolfgang
Goethe*. Jean. Siebzehn, blond und braune Augen. Man
glaubt das gar nicht. Ein blonder Franzose. Elsässer, *d'ac-
cord*. Alles mal deutsch. Fachwerk. In Frankreich. Oh,
shit!

»Also ich brauch die Konzerttermine für den Jahres-
wechsel«, sagte Lea. »Mich kotzt das echt an, daß dieser
Türkensäbel die Uhr nicht kennt.«

»Er ist kein Türke«, widersprach Lilo. »Er ist Jude. Seine Großeltern sind in Auschwitz ... geblieben.«

»Ja, ja, ja.« Lea klickte ihren nächsten Joint an. »Wahl-
weise auch Theresienstadt, Bergen-Belsen oder ein Gulag.
Er is'n Spinner. Jude ist er nur für die Promotion. Weil das
in Deutschland gut ankommt.«

Jim, mein Kater daheim, er hat einmal zu fliegen versucht. Da hatten wir das Reihenhaus noch nicht. War 'ne
normale Wohnung, dritter Stock. Unten Beton. Jim wollte
einen Vogel fangen. Oder er wollte es bloß mal ausprobie-
ren. Das Fliegen, mein ich. Ich kann's auch nicht, echt!
Aber unter Dope will man's doch versuchen.

»Lisa, Schätzchen, wo bist du?«

Ich fliege zu Jean. No chance. Er war unser Betreuer.
Von der Partnerschule aus. Europaschule. *Lycée Johann*

*Wolfgang Goethe.* Siebzehn und dreizehn. Ich war dreizehn, glauben Sie mir?

Ich rede Scheiße. Ich sprech mit Leuten, die gar nicht da
sind. Immer redet man in diesem Busineß mit irgendwie
Publikum. Unter Dope sowieso.

Nachdem Jim aufgeknallt war und sich die Beine ge-
brochen hatte, wollten meine Alten ihn einschläfern lassen. Einschläfern, mehr können solche Typen nicht denken, wenn's mal eng wird. Hab ich zum ersten Mal ein
Wort gehört. Das ich nicht vergessen kann. Phenobarbital. Damit bringen sie die Tiere um. Könnt man 'nen Song
draus machen, aber ich weiß es nicht auf Englisch. Jim hab
ich jedenfalls gerettet. Hab mein Sparschwein geknackt.
Hat nicht gereicht für die Operation und den Tropf. Eine
Woche Tropf für Jim. Teuer. Er will jetzt gar nicht mehr
spielen. Nur schnurren und schnurren auf meinem Bauch.
Er weiß, daß ich ihm das Leben gerettet habe. Die Tierärztin hatte ein Einsehen, nachdem sie mich gesehen hat
und meine kleine Kinderfaust mit dem Geld drin. Ich hab
mich so geschämt für meine kleine Hand. Die Hand meines Vaters war dreimal so groß. Er wollte ihn einschläfern
lassen.

Die Tierärztin weiß nicht, was ich ihr aus dem Kühlschrank stahl, später mal, als Jim sich Glassplitter eingelau-
fen hatte. Der Alte hatte einen Tobsuchtsanfall nach der
zweiten Pulle, weil er sich ständig von allen betrogen fühlt.
Warf die Pulle nach Jim. Getroffen hat er nicht. Aber Jim
ist beim Abhauen irgendwie unglücklich in die Scherben
getreten. Da konnte ich die Ärztin schon locker selbst be-

zahlen. Sie hat sich um Jims Pfote gekümmert, ich hab mal in den Kühlschrank geguckt. Hat sie nicht mitgekriegt.

Na ja, irgendwann wird sie es schon bemerkt haben. Sie hat nie etwas gesagt.


## 3

Fettauge kreuzte mit seinen beiden Penisprolongationen auf, Castor und Pollux, zwei Rüden einer Rasse, für die man 'nen Waffenschein braucht. Penisprolongation, das Wort hat Lea erfunden. Sie hat mal, halb unter Dope und halb im Suff, ein Studium angefangen. Soziologie, Psychologie und Germanistik. So erzählt sie's nach dem ersten Joint. Nach dem zweiten auch noch. Nach dem dritten wird sie ehrlich. Werden fast alle, oder?

Lea wollte nie studieren. Sie wollte sich im ersten Studienjahr von irgendeinem Macker 'n Kind andrehen lassen und dann vom Staat abzocken. Der Staat hat Lust auf Babies. Der braucht Nachwuchs. Lilo wird dann immer richtig reaktionär. Sie war mal Anwaltsgehilfin und hat Sprüche drauf, da wird dir echt kalt. Läßt sie aber nur raus, wenn sie angetrunken ist. So nach dem vierten oder fünften Glas Wein im *Laxness* erinnert sie sich an ihren Anwalt. Der sitzt. »Das Sozialstaatsgebot des Grundgesetzes ist doch ein Menschheitsfortschritt«, sagt sie dann. Die hat ihren doofen Rechtsverdreher echt gemocht. Der hat für Kohle alles gemacht. Gegnerische Parteien vertreten. Ist wohl was, wofür man einfährt. Jim, mein Kater, verteidigt nur noch mich. Sogar gegen meine Alten. Er hat in ihren

Augen ein Wort gesehen. Ein Wort, das er nicht kennt, aber trotzdem begreift. Phenobarbital. Ich habe drei Ampullen. Und Jim schnurrt. Auf meinem Bauch.

»Sozialstaatsgebot!« Lea kriegt dann immer einen Lachanfall. Ich muß an Hendrik denken. Hendrik steht jeden Tag hinter'm Essener Hauptbahnhof. Steht da für H und für die Freier. Hendrik ist fünfzehn und wirklich nett. Für ihn hab ich meinen Text nicht geschrieben. Ihn haben sie kaputtgemacht, mit oder ohne Sozialstaatsgebot, mit oder ohne Grundgesetzkacke. Er ist geflogen. Und zwar auf die Schnauze. Einmal hat er auch gesagt, daß er mich liebt. Er war schon unter Strom, aber er hat's echt ehrlich gemeint, glaub ich. Ich konnte nicht mehr. Zurücklieben, meine ich.

»Na, Mädels?« fragte Fettauge. »Wollt ihr die Presse hören?«

»Immer.« Lea spielte mit ihren Kippen. Fettauge legte eine Hochglanzbroschüre auf den Tisch. Ich konnte nur schräg draufgucken. *Habemus papam*, stand da auf dem Cover.

»Is'n das?« wollte Lilo wissen.

»Katholisches Männermagazin.« Fettauge drehte an seiner vergoldeten Halskette. Hat 'n Davidstern als Anhänger. Logisch, oder? »Hab mir die wichtigsten Sachen rausgeschrieben.« Er zückte ein Notizbuch. Wie die Bullen in Filmen. »Absage an die christliche Kultur«, las Fettauge. »Weiblicher Sexismus. Infantiles Bumm-bumm-bumm unter die Gürtellinie.«

»Every motion is promotion«, meinte Lea.

»Lisa hat'n neuen Text verbrochen«, sagte Lilo.

»Zeig her!«

Castor und Pollux legten ihre Köpfe auf meine Schenkel. Läßt man ihre Instinkte schlummern, sind sie lieb wie Schafe, und sie mögen Mädels. Ist logisch, wenn man sieht, was ihnen zwischen den Beinen baumelt, oder? Klar hab ich 'n Song über sie gemacht: *Bandogs*. Ist natürlich nicht über Hunde, sondern über Typen. War vier Wochen unter den Top Ten der deutschen Charts. Ein Wahnsinnserfolg. Meine Alten mußten 'nen Steuerberater engagieren für die ganze Kohle. Und die Blicke der Girls auf dem Schulhof, der pure Neid. Die Jungs schneiden mein Bild aus den Illustrierten, träumen von mir und schreiben Liebesbriefe. Ich schreib nicht zurück. Ich kann die alle nicht ab. Die Jungs an meiner Penne sind so blöd, Stroh würde ein besseres Abi bauen. Na ja, so gut bin ich auch nicht in der Schule. Ich bin auf dem Weg nach ganz oben. Wozu soll ich 'ne Fläche unter 'ner Kurve berechnen können? Mein Alter kann das auch nicht. Aber's Maul aufreißen!

Mein Alter hat seinen Job aufgegeben. Früher war er bei *Nokia* in der Verwaltung, jetzt verwaltet er mich. Ich bin, wie's in den Scheißgesetzen heißt, noch nicht voll geschäftsfähig. Voll im Busineß, aber noch nicht voll geschäftsfähig, das muß man sich mal vorstellen. Mein Alter sagt, daß er mein Geld vermehren will. Weiß nicht, ob ich ihm vertrauen kann. Sich selbst hat er nur einmal vermehrt. Keine Leistung, oder? Ich hätt immer gern 'ne ältere Schwester gehabt, eine, die einem zeigt, wo's langgeht, wenn's ernst wird mit'm Boy oder so. Na ja, jetzt hab ich Lea und Lilo. Die kennen den Weg.

Jede von uns hat was dazugegeben. Schon zum Namen. *Virgin Scorpions*, das war Leas Idee. Wegen der Opas, die als *Scorpions* rummachen. *Männermordende Mädchenband* kam von Lilo. Fanden wir alle gut, wegen der drei M's. Alliteration, würde Kilb sagen. Und 'nen Abgang kriegen wie beim Fachwerk in Straßburg.

Von mir ist das *vom Moers*. Männermordende Mädchenband vom Moers. Ein M mehr. Und klingt nach Leuten von einem fernen Stern. Vom Mars oder so. Keine von uns ist aus Moers. Lea kommt aus Krefeld, Lilo aus Duisburg, ich aus Bochum. Aber Moers ist 'n echtes Schreckwort. Da leben nur Aliens. Und die Moerser spucken Gift und Galle.

»Ich hab euch ins Millennium Concert in der Gruga-Halle reingedrückt«, sagte Fettauge. Mächtig stolz. »Ihr spielt da nach *Fettes Brot* und Vanessa Mae. Die hat natürlich die Mitternachtsnummer abgekriegt. Is nun mal berühmter als ihr. Aber ihr seid kurz danach dran. Na, wie bin ich?«

»Du bist Scheiße«, sagte Lea. Fettauge fühlte sich geschmeichelt. Und seine beiden Tölen begrunzten meine Schenkel.

Ich find's blöd, daß ich mich nicht in Hendrik verlieben kann. Ich kann mich in keinen Jungen verlieben. Aber Hendrik würde mich echt brauchen. Er hat goldene Haare. Wie der Teufel im Märchen. Nicht bloß drei, klar? Gefärbt sowieso. Die Freier stehn drauf. Ein braunäugiger Boy mit blonden Haaren. Da geht die Post ab. Na, wir hatten das auch schon mal. Shit!

Lilo tippte auf meinen Text, erinnerte Fettauge dran. Sie war wohl echt begeistert, daß sie's jedem auf die Nase binden mußte. Okay, Fettauge ist nicht jeder. Er grapschte auch gleich nach dem Text. Ich find seine Hände eklig. Auf jedem Finger 'n Klunker. No Kennung, warum diese Ausländer es alle geil finden, überall am Körper Katzengold zu tragen. Man könnte denken, die sind schwul. Küssen sich auch. Aber Schwule können sie nicht ab.

»Heißes Ding«, meinte Fettauge. »Werden die Katholen wieder Gift spritzen.«

»Und ob«, sagte Lea. »Ihren Giftsamen. Die kriegen doch 'n Moralischen beim Wichsen.«

»Klasse, Lisa!« Fettauges Klunkerhand fummelte in meinem Gesicht. Die Hunde knurrten. Nicht aus Aggression oder so. Die Schmusedoggies fühlten sich bloß bestätigt.

»Hab auch schon 'ne musikalische Idee«, sagte Lilo.

War so, wie ich gesagt hab: Jede gibt was dazu. Ich mach die meisten Texten. Lilo komponiert. Lea macht die Arrangements und die Show. Fettauge verscheuert uns. Und mein Alter wirft die Kohle aus'm Fenster. Na, noch zwei Jahre. Dann kümmer ich mich selber ums Geld. Dann hol ich Hendrik aus dem Dreck. Ich glaub, den hab ich wirklich lieb. Hendrik und Jim. *Mes chatons*. Kilb würd echt 'ne feuchte Hose kriegen. Hab 'ne Fünf in Französisch. Wegen Grammatik. Ich kapier's einfach nicht.

»Na, dann macht mal los, Mädels«, sagte Fettauge,

Deutschmark im Blick. Noch gibt's die ja. Aber wenn Europa über uns kommt und uns nimmt, cool wie'n fetter Rapper aus N.Y., dann gute Nacht. Ich glaub nicht dran. Ich hab die Schnauze voll vom Europagedöns. Es ist schon über mich gekommen, es hat mich schon genommen. Seitdem bin ich tot.

Ich bin Jungfrau. Glauben Sie nicht? Nicht unten. Im Kopf. Er war noch nicht da, der eine. Der Richtige. Der Boy, der nicht nur rein will. Der schnurrt wie Jim und schmust wie die Tölen.

Hendrik ist so einer. Hab ihn im *Laxness* kennengelernt. Er hat Bier getrunken, mußte relaxen von den Freiern. Hendrik ist der einzige Junge, der weinen kann. Was hat der mich vollgeheult! Erst mal tut er natürlich auch cool. Aber wenn du ihn anfaßt, ganz vorsichtig, nur so'n bißchen die Narben am Arm streicheln und so, dann fängt der an zu weinen. Der ist so happy, daß er weinen muß. Können Sie nicht verstehen, oder? Mensch, der ist fünfzehn. Das is'n Kid. Der sucht 'ne Mama. Genau das ist das Problem. Ich bin bloß 'n Jahr älter. Ich kann nicht seine Mama sein.

Irgendwann, das schwör ich euch allen, irgendwann schreib ich 'n Text: *Kill your parents*. Ich muß auf eigenen Beinen stehn, okay? Und dann hau ich euch die Beine weg. Eltern, das ist Dreck. Entweder sie labern nur oder sie werfen ihre Kinder in'n Müll. Wie bei Hendrik. Den hätten sie natürlich gern einschläfern lassen. Geht nur bei Tieren, sonst ist es verboten. Ich werde wen einschläfern, das versprech ich euch. Ich hab drei Ampullen. Lisa hat drei

Ampullen Phenobarbital. Die Tierärztin weiß es. Bestimmt. Aber die weiß auch, daß man nicht Tiere einschläfern muß. Sondern andere.

»Lisa? Hey, Lisa!« Das war Lea. »Laß uns mal was probieren, okay?«

»Okay«, sagte ich. Alle werden sich wundern, wenn ich mal ernsthaft was probiere.

4

»Ich gebe kein Geschmacksurteil ab«, sagte Kilb. Er hatte das Inquisitionstribunal einberufen. Das bestand nur aus ihm selbst. Ich wartete darauf, daß seine Hand auf meine Schulter patschte. »Virgin Scorpions«, sagte er und rieb sich den Bart. Mit dem Bart wollte er sein Doppelkinn verbergen. Er war grau, der Bart. Kilb hielt das sicher auch für sexy. »Wenn ich mir Ihre Texte so ansehe«, Kilb tippte auf die CD *After defloration*, unsere beste bisher, »dann halte ich sie, ehrlich gesagt, für Zeitverschwendung.« Hatte sich die CD aber besorgt. Wollte wissen, was an seiner Schule so rumspringt. Was 'ne Fünf in Französisch hat, aber berühmt ist bis zum Get no. Wetten, daß er neidisch ist? Wer kennt schon Kilb? Mich kennen alle. Und ich hielt's Maul. Was soll man antworten auf kein Geschmacksurteil?

»Ich möchte Sie eindringlich warnen«, sagte Kilb. »Sie lieben Ihre Musik, es macht Ihnen Spaß, in dieser Band zu spielen – Männermordende Mädchenband vom Moers, herrje! -, das kann ich alles verstehen.« Konnte er nicht. Laberte nur. Paukergelaber. »Aber noch gehen Sie zur

Schule.« Und von einem guten Abitur hängt Ihre Zukunft ab, dachte ich. »Und von einem guten Abitur hängt Ihre Zukunft ab«, sagte Kilb.

»Sie finden's besser, mich mit'nem Durchschnitt von eins Komma neun in die Arbeitslosigkeit zu entlassen?« fragte ich. Genauso hätten es Lea und Lilo gesagt. Aber exakt.

»Hören Sie!« Kilbs Stimme wurde schrill. Logisch bei 'nem Pauker, der erziehen will und es nicht packt. »Wenn Sie sich nicht endlich auf den Hosenboden setzen, bleiben Sie sitzen. In drei Fächern stehen Sie auf Sechs. Und Ihre Fünf in Französisch haben Sie nur, weil ich alle Augen zugedrückt habe, selbst die Hühneraugen. Mensch, Mädchen, ich meine es gut mit Ihnen. Ich will Ihnen helfen. Das zu Ihrer Information. Bevor Sie mir ein *Fuck you!* zurufen.«

Helfen also. War 'ne faustdicke Lüge. Er hatte ein schlechtes Gewissen. Weil er Bescheid wußte. Er wußte genau, was passiert war in Straßburg. Ich hab's ihm erzählt. Hatte noch Vertrauen als dreizehnjährige Göre. Hat er Schiß gekriegt. Wollte nicht, daß es an die große Glocke gehängt wird. Er ist SPD, verstehen Sie? Und mein Alter wählt so was. Wundert mich nicht. Weicheier wählen Weicheier. Aber wenn sie besoffen sind, beim Grillen mit Kumpels oder so, wie die dann schreien! Planen direkt Revolution. Fällt aber flach. Wegen Kopfschmerz. Revolution machen die nur beim Skat.

»Dann helfen Sie mir doch«, sagte ich. War schon stinksauer. Ich bin erst sechzehn und im Kopf noch Jungfrau.

Hab ich schon erzählt. Aber daß Männer feige sind, hab ich längst kapiert. So was lernt man bei Lea und Lilo. Die sind auf Kerle nicht gut zu sprechen. Ich auch nicht.

Kennen Sie das Känguruhprinzip? Große Sprünge, nichts im Beutel. So sind die Typen. Verdammt stolz auf ihren Schwanz, weswegen sie ihn nie waschen. Aber der ist eigentlich bloß zum Einziehen da.

»Wenn ich Ihnen helfen soll, müssen Sie mir schon entgegenkommen«, sagte Kilb.

»Wie weit?« Ich war auf hundertachtzig, ehrlich. »Bis in Ihren Garten? Wollen Sie aufpassen, wenn ich im Bikini meine Hausaufgaben mache? Neben Ihrem Pool? Und Ihre Frau bringt die Schnittchen? Bevor sie dann im Klo eingesperrt wird, damit Sie mir endlich richtig helfen können?« Guter Schlag, right? Hab gelernt bei Lea und Lilo. Die Butter vom Brot nehmen laß ich mir nicht. Kilb wurde knallrot. Hab ihn erwischt bei seinen geheimsten Gedanken, oder?

»Bitte gehen Sie!« hechelte er.

»Was?«

»Ich fordere Sie auf, diesen Raum sofort zu verlassen!« Sprach wie'n gestopftes Saxophon. Ging ich doch glatt. Erst mal auf's Mädchenklo, mir 'ne Tüte basteln. Ist verboten. An anderen Pennen, an privaten, wo die Eltern blechen müssen, da machen sie Urinkontrolle. Nur bei Jungs. Uns Mädchen trauen die ja nix zu. Kann man sich vorstellen, wie die schwulen Pauker sich drum reißen, oder? Den Jungs beim Pipimachen zugucken. Nennen's Prävention.

Lea sagt immer: In diesem Scheißland haben nur die Irren und die Perversen was zu sagen. Tütendrehen hat mir Hendrik beigebracht. Ich hätt's auch bei Lea lernen können. Hendrik war eben schneller. Zog ich also vor Mathe schnell 'nen Joint durch. Mußte an Kilb denken. Ich kann sie nicht leiden, die Typen mit diesem Dingsda. Helfersyndrom. Lilo hat total recht. Sind Retter, die eigentlich bloß bumsen wollen. Klar hat Kilb keinen Pool. Kann der sich doch gar nicht leisten von seinem Oberlehrergehalt. Der würd Augen machen, wenn er wüßte, was ich so einsack. Kohlemäßig. Könnte dem die ganze Schule unter'm Arsch wegkaufen. Aber was soll ich mit so'm Müll?

Hendrik hat mir erzählt, daß er auch Pauker unter seinen Kunden hat. Die sind immer ganz ängstlich und wollen zärtlich sein und so. Manchmal machen die den Strichern sogar Liebeserklärungen. Die tun, als hätten sie sich in die Boys verliebt, dabei ist es bloß ein Busineß. Aber die denken, daß sie mit Liebe zahlen können. Sind total geizig beim Löhnen. Glauben, daß die Boys mit 'ner Liebeserklärung was zum Fressen kaufen können. Und dann stiefeln die in 'ne Sozialkundestunde und erzählen nette Sachen zum Thema Homosexualität. Über Toleranz und so, Sie kennen das ja. Aber nachts bescheißen die ihre Knaben. Und wollen's nicht mal mit Gummi machen. Ist so unromantisch, sagen sie, sagt Hendrik. Und ich sag: Irgendwann kriegen wir sie alle. Nicht mit *Danone*. Mit 'ner Pumpgun. Dann lacht er.

Hendrik hält seinen Arsch hin. Wissen Sie, wie viele Leute ihren Arsch hinhalten müssen? Nein, das wissen Sie nicht. Sie sitzen jeden Abend vor der Glotze und haben's warm. Wenn Sie einmal Ihren Arsch hinhalten müßten, würden Sie auf der Stelle kaputtgehn. Hendrik macht das schon seit zwei Jahren. Ihm geht's nicht wirklich gut, aber er kann lachen und weinen. Sie können nur glotzen. Gaffen und labern. Aber es wird sich rächen, das versprech ich Ihnen.

Oh, shit! Hendrik hat mir wirklich starken Stoff gegeben. Ich kann jetzt nicht zu Mathe. Ist auch unwichtig. Wichtig ist, daß ihr von mir träumt. Aber nicht von der kleinen Lisa. Sondern von dem Monster, daß euch die Luft abdrückt. Von der Jungfrau, die euch killt. Nichts anderes habt ihr verdient.


5

»Hört zu, Mädels«, sagte Fettauge. Das taten wir immer. Nicht weil er viel zu sagen hatte, sondern weil er sich um die Kohle kümmerte. Also legte ich das Mikro auf die Box, haute mich auf einen Stuhl und packte die Beine auf den Tisch. Sah echt aus wie zehn Mel Gibsons. Castor und Pollux kamen angedackelt oder angerottweilert und wollten 'ne Frau schnuppern. Ihr wißt, wo die gern ihre Schnauze reinstecken, oder?

»Das Silvesterkonzert in der Gruga wird euer absoluter Durchbruch«, behauptete Fettauge. »Da kommt alles, was Beine hat im Pott und nicht alt ist wie Steinkohle. Sind schon fast dreizehntausend Karten verkauft.«

»Wer is'n der Veranstalter?« wollte Lea wissen. Obwohl sie oft bedröhnt war, hatte sie's im Geschäftsmäßigen gern klipp und klar.

»Kallweit und Partner«, sagte Fettauge. Nicht gerade laut.

»Die Gangster?« fragte Lea.

»Ihr kriegt dreißig Riesen für zwanzig Minuten«, sagte Fettauge.

»Wohl eher dreißig Rosen«, meinte Lea. »Zahlungsmoral is doch 'n Fremdwort für Kalle.«

»KuP hat sogar Aaron Carter engagieren können.« Als ob das was bedeuten würde.

»Wird also 'n Gemischtwarenkonzert«, meinte Lea. »Sogar was für die Babyficker dabei.«

»Babyficker?« Fettauge rollte seine Fettaugen.

»Guck ma ins Internet, Mr. Holocaust. Findste Little Aaron als Sexobjekt auf allen Pädokanälen. Und 'n Lisa-Chatroom hab ich neulich auch entdeckt. Haben die Freaks ernsthaft diskutiert, ob sie noch entjungfert werden muß. Tut mir leid, Lisa, aber so isses.«

»Lisa wird's überleben«, sagte Fettauge. »Außerdem kann sie ihre Eltern zum Aufpassen mitbringen. Gibt zwei Backstage-Karten für jede von euch.«

Das mit den Eltern hat er als Gag gemeint. Meine Alten werd ich hübsch zu Hause lassen. Die haben eh was anderes vor zu Silvester, schippern auf'm Rhein rum. Große Millenniumsrundfahrt nennt sich das. Mit groß und Millennium haben es jetzt alle. Soll sogar Leute geben, die sich auf'n Weltuntergang vorbereiten. Auf einen big Weltuntergang natürlich. Paar Böller werden die auch abfeuern. Und dann ab zum Gruppenselbstmord an der Klagemauer. Hab ich in der Glotze was drüber gesehen. Ich hab bessere Pläne.

Zuerst mal schrieb ich einen Brief. Hockte abends auf meiner Bude und spielte das Stört-mich-nicht-ich-mach-Hausaufgaben-Spiel. Hab mir was richtig Blumiges abgequetscht, wie Lilo sagen würde. Einen Brief voll Rosen für Jean Kruger, 11, Rue Léo Malet, 67000 Strasbourg. Die Adresse stimmte noch. Hendrik hat's rausgekriegt im *Styx*, das ist so'n neues Café für die Internetfreaks. Nicht daß Hendrik sich dafür interessieren würde. Hat bloß einen Freak unter seinen Freiern. Der immer Jungsbilder tauscht oder so. Haben sie mal im französischen Telefonbuch geblättert. Im elektronischen. So was gibt's. Wußte ich von Lea. Hendrik hat nicht gefragt, wer Jean ist. Ist meine Sache. Aber er hätt's gern getan.

Kann sein, daß Jean nicht kommt. Ich mein, einen Backstagepaß für ein Riesenkonzert kriegt man nicht alle Tage. Das zieht, logisch. Und ich hab geschrieben, daß ich ihn wahnsinnig gern wiedersehn würd und der Jahrtausendwechsel doch 'ne prima Gelegenheit ist und man sich da versöhnen kann und so'n Blabla. Dürfte jetzt zwanzig sein, der Betreuer aller Jungfrauen. Weiß nicht, ob das Konzert nach seinem Geschmack sein wird. Kann nur hoffen.

Eigentlich wollen alle Boys mal hinter die Bühne gukken. Die reißen sich drum, hautnah bei ihren Stars zu sein. Vielleicht 'n verschwitztes Shirt oder so abzocken. Wo sie dann abends im Bett dran riechen können. Die meisten

Groupies haben einen Tick. Und Jean hat auch Musik gemacht. Irgend 'ne unbekannte Group aus Strasbourg. Di-
lettantenstadl, nennt Lea so was. In Jeans Kopf müssen
doch die Glocken läuten, wenn der so 'ne Einladung bekommt. Einmalige Chance. Das schrieb ich ihm auch.

Ich will dem neuen Jahrtausend was ins Nest legen.
Und zwar mehr als 'n paar Songs. Das neue Jahrtausend
soll schreien, wenn es mich und mein Geschenk sieht. So
wie ich geschrien hab. Aber es soll nie mehr aufhören. Ich
schreie nicht mehr. Ich bastel ein Präsent.


6

Jean hat geantwortet. Ich hab 'n paar Sprünge gemacht vor
Freude, echt. Fragt er mich, ob er sein Mädel mitbringen
kann zum Konzert. Klar kann er. Aber nicht hinter die
Bühne. Der zweite Backstagepaß ist für Hendrik. Der
wird mein Geschenk als erster sehen. Und er wird's zu
schätzen wissen.

Gleich nach der Schule hab ich mit Kallweit getalkt,
dem größten Schwein des Ruhrgebiets. Sie haben schon
von ihm gehört, right? Kallweit und Partner Konzertagen-
tur. Kein Mensch weiß, wer die Partner sind. Aber trotzdem ist das 'n echtes Imperium, und Kallweit ist nicht der
Imperator. Sagt Lea. Da ziehn noch ganz andere Leute die
Fäden. Von denen sagt Lea, sie verstehen absolut nix von
Music, aber alles von Steuerhinterziehung.

Mir ist egal, womit Kalle seine Piepen macht. Ich wollte
bloß 'ne verbilligte Karte. Für das Mädel von Jean. Die

kann in der Menge stehen und dort ohnmächtig werden, wie's ja immer passiert, wenn die Groupies außer Rand und Band geraten. Also die Girlies, die zum Kreischen kommen. Die Teddybären auf die Bühne werfen und herzförmige Luftballons hochhalten und so'n Scheiß. Die davon träumen, daß einer von 'ner Boygroup sie entjungfert. Sie können noch so bescheuert aussehen: dicke Brille und dicker Arsch. Halten sich aber für die Auserwählte. Einbildung is auch 'ne Bildung, meint Lilo immer.

Die verbilligte Karte kriege ich. Mußte Kalle nicht mal um den Bart gehn. Er ist dicke mit Fettauge. Ich glaub ja nicht an den ganzen Quatsch mit Energie und Strahlung. Lea sieht das anders. Sie meint, die Kriminellen haben mehr Aura als der Vollmond. Bei denen funktioniert der Energieaustausch. Die gucken einander in die Augen und wissen Bescheid. Ich mußte erst mal nachgucken, was 'ne Aura ist. Ungefähr habe ich kapiert, was Lea ausdrücken wollte. Stehe aber mehr auf dem Standpunkt von Lilo. Die hat gesagt: Solche Typen haben keine Aura, sondern Kontonummern. Wie mein Alter. Wenn der 'ne Aura hat, würde der Vollmond vor Wut platzen. Mein Alter ist kein Mensch. Er ist nur ein Maul, aus dem es stinkt.

So, und nun packe ich mein Schreibzeug ein. Hab genug so getan, als würd ich Hausaufgaben machen. Einen sehr feinen Antwortbrief wird Jean bekommen. Und 'nen neuen Text hab ich auch geschrieben. Nach dem Gesäusel mußte ich einfach meinen Haß rauslassen. Wenn er Lea und Lilo gefällt, wird die Premiere in der Gruga sein. Beim Millennium Concert. Und wenn Sie dabeisein wollen, dann kommen Sie einfach. Noch gibt's Karten. Sind nicht billig, okay, okay! Aber Sie werden etwas erleben, was Sie nicht so schnell vergessen können. Ein gesungenes Todesurteil. Kommen Sie also, wenn Sie sich trauen.

7

»Stark«, sagte Lilo. »Jetzt bist du absolut über dich hinausgewachsen.«

»Ich find's auch voll geil«, meinte Lea. »Und ich will nicht wissen, wie du drauf kommst. Ich glaub, dann könnt ich paar Wochen nicht schlafen.«

*Destroy a boy*

*You said: I love*
*You said: Let's fly*
*You said: Above*
*The clouds – baby, you will cry!*

*You said: I want*
*You said: I can*
*You said: In front*
*Of me – you'll wish to die!*

*You son of a bitch*
*With your dirty dreams*
*I lick my wounds*
*And hear your screams.*

*I'll make you cry*
*I'll make you writhe with pain*
*After putting a giant bomb*
*Aboard your ridiculous plane.*

*Come on, my flying boy, and burst*
*Your destination is your tomb*
*And you will damn your mother's womb*
*Come on, pilot, you lying boy –*
*Oh, what a pleasure to destroy!*

»Unsere Lisa will also irgendeinem Knaben 'ne Bombe in den Pullermatz implantieren«, sagte Lilo. »Hab ich doch richtig verstanden so?«

»In sein Mätzchen, mit dem er ihr was vorgewedelt hat«, ergänzte Lea. »Alle Knacker bilden sich doch ein, sie könnten uns mit dem bißchen Fleisch zum Fliegen bringen. Aber wie oft kommt nur 'ne Bruchlandung bei raus?«

»Wenn ich mir vorstelle, wie weh das tut.« Lilo griente. »Aua, Aua!«

»Ist besser als Abschneiden«, sagte Lea. »Mann, da werden ja die Fetzen fliegen.«

»Na, wie Lisa geschrieben hat. Ihr wurde ein Flug versprochen. Mit bißchen TNT hat sie sich das Versprechen selber erfüllt.«

»Mit mir hat das gar nichts zu tun«, protestierte ich. »Ist bloß ausgedacht.«

»Mädel, wir kennen dich«, behauptete Lea. »Da muß mal was gewesen sein, das du nicht aussprechen kannst.

Dafür packste's eben in deine Texte. Und wir röhren es in die weite Welt. Kommt, laßt uns ins *Laxness* gehen. Ich muß was runterspülen.«

»Also, erzähl!« verlangte Lea. Grad hat sie nach drei Rotwein gewunken. So sagen's alle. Kilb sagt: Das Partizip II von *winken* ist *gewinkt*. Da kriegt man doch 'ne Krise.

»Was soll ich erzählen?« fragte ich. Hatte echt Durst. Lea verteilte Kippen mit was drin.

»Von dem Boy, der dir's Fliegen versprochen hat.«

»Gibt nix zu erzählen.«

»War's Hendrik?« Lea konnte auch Inquisitionstribunale abhalten. Aber wenn sie mir helfen wollte, dann half sie. Laberte nicht bloß. Ist aber nun mal so, daß ich keine Hilfe brauch.

»Also der bestimmt nicht«, mischte sich Lilo ein. »Der verehrt Lisa. Ohne Hintergedanken.«

»Erstens«, sagte Lea. Rocky brachte die drei gewunkenen Rotweine. »Erstens«, wiederholte Lea und schaute dabei Rocky an, »hat jeder Typ Hintergedanken.«

»Wär schön«, meinte Rocky. »Wär schön, wenn jeder Typ Hinterngedanken hätte.« Er war schwul. Und mochte Hendrik. Aber den faßte er nicht an. War ihm zu jung.

»Zweitens«, sagte Lea, »wenn's nicht Hendrik war, wer war's dann?«

»Wer war was?« Ich griff mein Glas und haute die Hälfte weg. Fühlte mich nicht gut wegen Leas Fragerei.

»Wer hat dich vergewaltigt?« fragte Lea.

8

Jean, kannst du dich erinnern? Willst du dich erinnern, Jean? Oder willst du vergessen? Du hast ja ein Mädel jetzt. Vielleicht kommt bald ein Kind. Eine Familie, Jean. Eine ganz normale Familie? VaterMutterKind? Willst du das, Jean? Wolltest du das? Du hast mir doch ganz andere Sachen erzählt. Beim Ausflug nach Colmar, irgendeinen scheißberühmten Altar gucken. Aber wir sind abgehauen. Du hattest den Altar schon gesehen. Und ich wollte keine Altäre anschauen, sondern dich. Nur dich. Immer nur dich.

Es gibt keine normalen Familien, Jean. Alle Familien gehen irgendwann kaputt. Und du wirst keine Familie bekommen. Du nicht. Niemals. Nein!

Ich hatte kotzen müssen. Lea und Lilo waren mir hinterhergerannt, hatten mir den Kopf gehalten, hatten mir mit Klopapier den Schweiß aus der Visage gewischt. War wohl zuviel Wein gewesen und zuviel Dope. Und das vor 'ner Französischarbeit. Aber gesagt hab ich nix.

Bißchen besser ging's mir schon. Rocky hatte mir was Scharfes gemixt, 'ne Art Bloody Mary ohne Alk. Soll helfen. Na, jedenfalls hilft's besser als ein Bloody Kilb. Machte mir trotzdem 'n Kopf. Wegen morgen. Dabei kann ich Französisch, wenn ich muß. Aber in der Penne, da hab ich eine Ladehemmung. Wenn ich Kilb seh. Wenn ich ihn sagen hör: *passé simple* und *passé composé*. Kilb weiß alles. Aber er schwingt nur die Konjugationstabellen. Seinen Schutzschild.

Ich ging dann los. Ich stiefelte an den Tresen und legte

einen Blauen drauf. Einfach so. Nein, nicht for nothing. Für alles. Und Rocky guckt nicht auf das Jugendschutzgesetz. Der guckt auf Männerärsche und den Umsatz. Bullen kommen sowieso nicht. Rockys Boß hat einen Draht.

Sagen Sie mir, wozu brauche ich das unregelmäßige Verb *aller*? Wozu in einer Welt, in der die Scheiße so hoch steht, daß sie schon 'n Loch in den Himmel gefressen hat? *Je vais.*

»Noch'n Rotwein«, sagte ich zu Rocky.

»Lisa, ich denke ...« *Tu vas.*

»Mach mir bitte, bitte einen Rotwein.«

»Lisa, wir bringen dich jetzt mit 'nem Taxi nach Hause«, sagte Lea aus'm Background. Was kümmern sich bloß immer alle um mich? Wollen die Kohle? *Il va.* Klappt doch.

»Hi, Lisa!« rief Hendrik. Stand der doch plötzlich neben mir. Aus'm Ozonloch gefallen, sag ich mal. Als Gag, Mensch! Ich bin hier die Witzige. Haben Sie das endlich kapiert?

»Geb einen aus!« rief Hendrik. Sie müssen in seine Pupillen schauen. Da sehen Sie, wenn er auf H ist. Er war's, was sonst?


9

»Lisa?«

Colmar. Ich habe deine Hand genommen.

»Lisa?« So groß wie Bochum ist Colmar nicht. Man kann gemütlich aus der Stadt raus.

»Ich hab ... Entschuldige bitte, Lisa.« Hand in Hand.

»Lisa! Was soll ich denn machen?«

*Ich muß dir was sagen, Jean*

»Ich muß dir was sagen, Lisa!«

*Ich find dich*

»Wach doch auf!«

*Ich mag*

»Ich hab eingepißt, Lisa.«

Ich war sofort hoch. Ein Typ hockte auf den Knien neben dem Bett und zitterte. Ein nackter Typ. Nackt und zitterte. Aber ich konnte nichts tun. Mein Kopf war kurz vor'm Platzen. Irgendeine Scheiße mußte passiert sein. Der Typ war Hendrik. Ich wollte nur weg. Ich konnte nicht. Alles tat mir weh, aber der Kopf am meisten.

»Lisa, ich muß das Laken wechseln.«

Erst mal mußte ich damit klarkommen, daß ich in Hendriks Bude lag. In seiner Bude und in seinem Bett. Hendrik sah aus wie ein Schluck Wasser. Er war fertig, klar. Heroin und Alk. Und ich lag in seiner Pisse. Stank wie ein Jungsklo und kam erst mal nicht raus. War ja selber besoffen.

»Wie komm ich hierher?« wollte ich wissen. Nach 'ner halben Ewigkeit.

»Du warst total dicht, Lisa.« Er rapppelte sich auf, stürzte durchs Zimmer, knallte gegen den Schrank. Irgendwie schaffte er es, die Tür zu öffnen. Ich saß wenigstens schon. Ekelte mich vor dem nassen Bettzeug, das ich mir vor die Brust hielt. War auch nackt. Hendrik fummelte ein Laken aus dem Schrank. »Und ich dachte, bevor du in die

Scheißhütte von deinen Alten fährst ... Hättste sowieso 'n
Taxi nehmen müssen. Und meine Bude ist doch viel dichter am *Laxness*.«

Ich suchte nach etwas, woran ich mich festhalten konnte. Das Zimmer kannte ich. War schon mal hier gewesen.
Mit Lea und Lilo. Eigentlich hatten wir nach 'ner Probe
nur abtrinken wollen. Aber Hendrik hatte mit extrafeinem
Koks gewunken. So was interessiert Lea. Als Freudinnen
waren wir natürlich mitgegangen. Lilo hatte dann auch
was genommen. Ich nicht. Ich erinnerte mich aber an die
Bilder.

»Tut mir voll leid«, sagte Hendrik. Ich hob meinen
Arsch, damit er das frische Laken ausbreiten konnte. War
superweiß. Jungfräulich, so nennt ihr es. Können Sie sich
gar nicht vorstellen, daß 'n Fixer und Stricher sauber ist,
was? Der Dreck ist in Ihrem Kopf. Hendrik ist der sauber-
ste Junge der Welt. Hatte aber echt Mühe, das Laken glatt
zu kriegen. Sein Pimmel stand. Lea nennt so was postalko-
holische Erektion. Ich war tierisch sauer. Auf Hendrik,
mich und alle.

»Quatsch keinen Müll«, sagte ich. Totalen Schiß hatte
ich auch, daß was passiert sein könnte. Die Bilder waren
noch da. Ich überlegte, wie denn das Haus hieß, in dem
Hendrik wohnte. Völlig sinnlose Gedanken. Das Haus ist
voll mit Punks und Strichern und linken Streetfightern. Na
klar, sie nennen es *Bochum Beach*. Weil's für die Gestran-
deten ist. Total vermüllt, von oben bis unten. Aber Hendriks Zimmer ist ordentlich. Ordentlicher als meine Bude.
Viele Fotos an den Wänden. Auf allen ist Hendrik mit sei-

nen Alten. Hendrik mit seinen Alten zu Hause, Hendrik mit seinen Alten im Urlaub. Hendrik als Baby. Da sitzt er auf Mamas Schoß und lacht in die Kamera. Hat die Fotos geklaut, bevor er abhaute. Wie kann er seine Alten, die ihn so in den Arsch getreten haben, wie kann er die immer noch liebhaben?

»Was ist passiert, Hendrik?«

»Nix. Gar nix, Lisa. Deine Klamotten sind vollgekotzt. Mehr war nicht. Kriegst morgen 'ne Hose und 'n Hemd und 'ne Jacke von mir.« Das mit dem Laken packte er nicht. Wenn meine Alte solchen Falten sehen würde, sie würde sich die Pulsadern aufschneiden. Aber nur das Laken würde trauern. Weil's für immer verdorben wäre.

»Du lügst.« Ich stand. Auf Beinen, aus denen man die Knochen rausgezogen hatte. »Oder waren deine Klamotten auch vollgekotzt?«

»Nur bißchen gekuschelt«, sagte Hendrik und schaute an mir vorbei. »Ich war selber voll.«

»Okay.« Ich suchte ein Ziel. Irgendwo mußte ich ja hin. »Ich mach die Flatter.«

»Lisa! Nicht gehn! Bitte!«

»Klar geh ich.« Bloß, ich konnte nicht.

»Du bist meine beste Freundin, Lisa.« Hendrik hatte es auch wieder in die Senkrechte geschafft. Und kam auf mich zu. Ich preßte die nasse, stinkende Bettdecke gegen meinen Leib. Ich mußte mich schützen. »Ich möchte mit dir schlafen, Lisa!« Sein Pimmel war blaurot. Dick, mit vortretenden Adern und blaurot. Ich hatte so was ...

»Ich werde ganz, ganz, ganz vorsichtig sein«, sagte

Hendrik. »Du bist meine einzige Freundin, Lisa. Ich will dir nicht weh tun.« Er legte mir seine Hände auf die Wangen. Sein Blick war glasig. Ich wich zurück. Ließ die Decke fallen und schlug nach diesem Blick. »Nicht weh tun beim ersten Mal«, sagte Hendrik.

»Ich hab tausendmal mehr Erfahrung als du«, schrie ich. »Du Scheißstricher! Du Schwein!«

»Kannst du nicht haben.«

»Doch, kann ich. Doch. Doch. Doch.« Ich trat nach ihm, ich schlug nach ihm, ich spuckte ihn an. Er fiel rücklings aufs Bett.

»Du bist noch Jungfrau«, sagte er. Mit einer weichen, zärtlichen Stimme. Ich fand ihn zum Kotzen.

»Das kannst du nicht wissen«, schrie ich. Kam irgendwie zum Schrank und riß an Klamotten raus, was ich fassen konnte. Schaffte es sogar, mir was anzuziehen. Er lag nur da mit so 'nem beschissenen seligen Kinderlächeln in der Fratze. Sein Scheißding stand immer noch.

»Ist doch nicht schlimm«, sagte Hendrik.

»Ich will dich nie ...« schrie ich. »Du dreckiger ... nie mehr!«

Ich rannte raus. Raus und runter. In Hendriks Klamotten. Und barfuß. Im Dezember. War mir alles scheißegal. Kam aber irgendwie doch nach Hause. Wachte da jedenfalls auf. Nachmittags. Französischarbeit verpennt. Wühlte mein Gesicht in Jims Bauch. Der schnurrte.

10

Niemand sieht mich. Auf der Bühne werde ich angestrahlt und angeglotzt, aber die Leute sehen nur den Star der *Virgin Scorpions*, die es mit einem Titel in die Top Ten gebracht haben. Und für die Girls und Boys an der Penne bin ich aus der Glotze in die Welt geschwebt.

Die Weiber würden mir am liebsten die Augen auskratzen, die Jungs benutzen mein Bild als Wichsvorlage. Ich bin nur ein Traum. Aber ich bin nicht aus Hochglanzpapier.

Jim saß auf dem Fensterbrett. Schon seit 'ner halben Stunde bewegte er sich nicht. Ich glaube nicht, daß er da draußen etwas sah. Er wartete nur darauf, daß er die Scheiße mit seinem starren Blick zum Kochen bringen konnte.

Auch Jean hat mich nie gesehen. Ich habe mich sofort in ihn verliebt. Und das ist nicht mal vorbei. Noch nicht. Aber er wollte mich ja nicht lieben. Er wollte sich bloß spiegeln in meinen Augen. Wollte verliebt angeguckt werden. Brauchte was für seine Sammlung. Ein Mädel aus *Allemagne*. Jean, du Dreckstück! Ich hatte dich so gern.

»Jim?« Mein Kater schlug einmal mit dem Schwanz. »Jim!?« Er wandte mir den Kopf zu. »Jihihim!« Da kam er angesprungen.

Wie immer an Heiligabend stritten sich die Alten. Mutter kochte und saugte Staub und briet was und packte die Geschenke ein und machte Kuchen, der Alte sollte nur den Weihnachtsbaum schmücken. Dafür war er aber wieder zu besoffen, also riefen sie nach mir. Ich legte die drei Ampullen und die Spritze auf mein Matheheft. Jim sprang auf den

Schreibtisch und schnüffelte alles an. Die Tür hatte ich abgeschlossen.

Auch meine Alten haben mich nie gesehen. Sie sahen sich ja selbst nicht. Mein Alter war immer nur betrogen worden. Damit hatte er genug zu tun. Die Chefs von *Nokia* hatten ihn betrogen. Die Politik hatte ihn betrogen. Die Partei. Der Ministerpräsident in Düsseldorf. Der Bundeskanzler. Der Verkehrsverbund. Und neuerdings glaubte er, daß ich nicht alles Geld ablieferte. Machte ich auch nicht. Da half mir Lea.

Ich knackte eine Ampulle. Die Spritze hatte mir Hendrik besorgt. Damit ich meine Grünpflanzen direkt an der Wurzel düngen kann. Ich hab gar keine. Ehrlich gesagt, ich hab Hendrik paarmal belogen und benutzt. Vielleicht sollte ich ihm nicht zu böse sein.

»Deine Tochter könnte mir ja auch mal helfen«, rief der Alte. *Kill your parents.* Es war gar nicht so einfach, eine Spritze aufzuziehen. Aber ich mußte es mal probieren. *Parents are blind.* »Hi, Jim!« Mir liefen die Tränen nur so übers Gesicht. Jim leckte meine Hände. Könnte sogar ein neuer Song werden. *Mind*, reimte ich. *Behind.* »Poor kitten«, sagte ich. »Pauvre chaton.« Jim schnurrte. Er war gar kein Kätzchen mehr.

»Jetzt hol endlich deine Tochter runter!« brüllte der Alte.

Meine Mutter hatte keine Tochter. Die beiden Alten lebten ihr dreckiges Leben von meinem Geld. Aber sie sahen mich nicht. Die Welt meiner Mutter bestand aus Versandhauskatalogen und Urlaubsprospekten. In so einer

Welt kommt 'ne Tochter nur als Anziehpuppe vor. Ich versuchte mich zu erinnern, wohin die Tierärztin stach, wenn sie Jim impfte.

Ich hatte es beiden erzählt. *Kill your parents/They are blind.* Da habe ich noch Mama und Papa zu ihnen gesagt. Ich habe ihnen erzählt, was Jean mir angetan hat. Ich habe geweint. Gebettelt. Damit sie etwas tun. Mit der Schulleitung sprechen. Mit Kilb. Zur Polizei gehen. Nach Strasbourg fahren. Jean zur Rede stellen. Sie haben mir vorgeschlagen, Urlaub zu machen. Beide. Auch Weiber können feige sein. Lea, auch Weiber! *Kill your parents/And you'll find.* Man muß ins Fell greifen und es hochzerren. Bis man die Haut sieht. Die ist echt rosig. Babyhaut. Jim, verzeih mir! Ich kann dich den Alten nicht ausliefern. *That parents are a piece of shit.* Jim schnupperte in meiner Armbeuge. Ich streichelte ihn hinter den Ohren. Das hat er immer sehr gemocht. *To kill them that is not a hit.* Ich heulte wie seit Jahren nicht.


11

Sind Sie gekommen? Seid ihr alle da? Wie im Kasperletheater, oder? Ich weiß, daß Sie gekommen sind. Und Sie haben mich nicht an die Bullen verraten. Sie wollen ja was geboten bekommen für Ihr Geld. Einen Mord auf offener Bühne? Wär das was? Würde Sie das anmachen? Aber klar. Sie wollen doch nicht so'ne Peanuts wie Silvester feiern. Nicht mal 'nen Jahrtausendwechsel. Sie wollen Blut sehn. Kann ich Ihnen im Moment noch nicht versprechen.

Ich sitz in der Garderobe. Sehe Scheiße aus. Bin noch Weihnachten zu Lea. Penne jetzt bei ihr. Sie fragt nichts. Platzt zwar vor Neugierde, aber noch hat sie nichts gefragt. Ich soll erst mal zur Ruhe kommen. Die Tage waren randvoll mit Alk und Dope. Aber richtig hart geprobt haben wir auch.

Draußen grölen die Fans. *Fettes Brot* ist dran. Ich schmier mir Schminke ins Gesicht. Niemand wird mitkriegen, wie ich wirklich aussehe. Aber das hat sowieso noch nie jemanden interessiert. Noch vierundvierzig Minuten bis Mitternacht. Ich sauf Sekt.

Vanessa ist die nächste. Hockt wie ich in ihrer Garderobe und malt sich an. Um sie rum die Bodyguards. Bei mir ist nur Hendrik. Ich bin paarmal mit Lea im *Laxness* gewesen. Lea und Rocky haben dafür gesorgt, daß wir uns wieder versöhnten.

Hendrik kann schweigen wie ein Grab. Er steht hinter mir und streichelt meine Kopfhaut. Ich hab mir 'ne Glatze scheren lassen, echt KZ-mäßig. Ich seh Hendriks Augen im Spiegel. Armer Hendrik! Armer Jim! Ich schluck die Tränen runter.

Lea und Lilo sind auch irgendwo. Draußen feiern sie, wir müssen jobben. Lilo hat noch gar nicht mitbekommen, daß bei mir was nicht stimmt. Sie ist eben romantisch. Himmelt das Grundgesetz an. Hendrik macht 'ner Kippe Feuer unter'm Arsch und schiebt sie mir in den Mund.

»Mitternacht bekommst du einen Riesenkuß von mir«, sagt er. »Du sollst glücklich werden im nächsten Jahrtausend. Wenigstens du.«

Wo bleibt Jean?

Als es klopft, spring ich auf. Krieg gleich 'nen Schweiß-
ausbruch. Hendrik prallt zurück. Reißt die Augen auf. Kapiert nix. Kann er ja auch nicht. Ich muß mich am Stuhl
festhalten.

»Guten Abend!« Ach, du Scheiße. Wissen Sie, was da in
der Tür steht? Nein, nicht Jean. Zwei Bullen. Meine Alten.
Kilb.

»Wo bist du gewesen?« kreischt die Alte. Also nix mit
Rheinfahrt. »Weihnachten nicht zu Haus! Überhaupt
nicht mehr zu Haus!«

»Wir ham dich vermißt«, lallt der Alte, besoffen und betrogen wie immer. »Die Polizei ...«

»Nun haben wir sie ja gefunden«, sagt einer der Bullen.
Ganz nett eigentlich.

»Ich mach hier meinen Job«, sag ich. »Krieg zehn Riesen abzüglich ... Wißt ihr doch. Kennt ihr alles. Ruft euern
blöden Steuerberater an.«

»Und Jim!« Die Alte heult. Nicht wegen Jim. Weil sie
nichts versteht.

»Wer ist das?« Der Alte spießt die Luft mit'm Finger
auf, zeigt auf Hendrik.

»Geht euch 'n Scheißdreck an.« Ich stiefel zu Hendrik.
Küß ihn auf die Wange. Er macht die Augen zu. Ich sehe.
Noch dreiundzwanzig Minuten bis zum Showdown. Va-
nessa hat angefangen, ihre Geige zu foltern.

»Ich red mit ihr«, sagt Kilb. »Ich weiß, was sie hat.«

»Reden ist immer gut«, meint der Bulle. Hat wohl 'nen
Laberflash.

»Gehen Sie bitte!« sagt Kilb zu Hendrik.

»Der bleibt«, sag ich.

## 12

»Nein«, sagt Kilb. »Nein, ich weiß es nicht. Ich weiß nicht, was in einer Frau vorgeht. Ich werde es vielleicht nie erfahren. Kein Mann sieht da durch. Du warst dreizehn damals«, sagt Kilb. »Ein Mädchen. Aber vielleicht auch schon eine Frau. Du hast ihn geliebt, diesen Jungen aus Straßburg. Du hast dir eingeredet, ihn zu lieben. Alle Mädchen gingen doch mit irgendwem, du nicht. Du wolltest auch einen Jungen. Nein, ich nehme alles zurück. Du wolltest einen Jungen nicht, weil alle anderen so taten, als ob sie einen hätten. Du hast ihn bewundert, diesen Jean. Du hast ihn bewundert, wie du deinen Vater einst bewundert hast. Und du wolltest von Jean, was du auch von deinem Vater immer wolltest. Und was du nie bekommen hast. Geliebt werden.«

»Quatsch«, sage ich. Hendrik packt meine Hand. Kilb ist nicht zu bremsen. Schlechtes Gewissen eben.

»Ich weiß nicht, was du erwartet hast«, sagt Kilb. »Hast du geglaubt, daß sich ein Junge innerhalb von vierundzwanzig Stunden in dich verlieben kann? Mit Haut und Haar? Das gibt's nur in der Phantasie. Ganz, ganz selten auch mal in der Wirklichkeit.«

»Verschonen Sie uns mit Ihrer Scheißwirklichkeit«, verlangt Hendrik. Drückt meine Hand.

»Als du an dem Abend zu mir gekommen bist«, fährt

Kilb fort, unbeirrt und unbeirrbar, »nach unserem Ausflug nach Colmar, und mir erzählt hast, dieser Jean hätte dich vergewaltigt, da wußte ich sofort, daß du mich zum Instrument deiner Rache machen wolltest. Jean war ein netter Kerl und lieb zu dir und auch bereit zum Händchenhalten, aber nicht zu mehr. Du warst enttäuscht, nicht wahr? Hattest Liebesschwüre erwartet. Endlich einmal Liebe.«

»Das können Sie gar nicht wissen«, sage ich. Entziehe Hendrik meine Hand. Schaue ihn nicht an. Werde ich auch nie mehr tun.

»Natürlich weiß ich das. Du hast dich mir nicht anvertraut an jenem Abend, du hast eine Geschichte erzählt. Wütend zwar, aber nicht geschändet. Außerdem ...« Kilb stockt.

»Was, du Arsch?« fragt Hendrik. Gleich wird er Kilb an die Kehle gehen.

»Zeit, reinen Tisch zu machen«, sagt Kilb. Noch elf Minuten. »Nicht nur Jean und du, nicht nur ihr seid aus Colmar hinausspaziert. Die Besichtigung des Grünwald-Altars habe ich der Kollegin Magirius überlassen. Ich war auch unterwegs. Mit einer Schülerin. Der zwölften Klasse. Ja. Aber ohne Pool und ohne Schnittchen. Ich habe keinen Pool. Und ich habe keine Frau mehr, die uns Schnittchen schmieren könnte.«

»Was wollen Sie uns damit sagen?« fragt Hendrik. Er kocht. Ich bin ganz ruhig.

»Wir haben die beiden beobachten können«, sagt Kilb. Nun zu Hendrik. »Es ist nichts passiert. Sie ist nie vergewaltigt worden. Es existiert nur in ihrer Einbildung.«

»Hauen Sie ab!« ruft Hendrik.

»Ja.« Kilb öffnet die Tür. »Ich weiß nicht, in welcher Beziehung Sie zueinander stehen. Aber eins weiß ich: Wer nie geliebt wurde, wer vom ersten Lebenstag an nie geliebt wurde, der kann auch nicht lieben. Niemals. Frohes neues Jahr. Jahrhundert. Jahrtausend.«

Hendrik weint. Ich nicht. Er legt seinen Kopf in meinen Schoß. Ich fasse ihn nicht an.


13

Jean ist nicht gekommen. Jean ist nicht gekommen. Jean ist nicht gekommen.

»Prosit Neujahr! Prosit zweitausend!« brüllt die Menge. Sie lassen Kracher los, obwohl es verboten ist. Die Lichtorgeln spielen Wahnsinn.

Jean ist nicht gekommen. Jean ist nicht gekommen. Jean ist nicht gekommen.

*Ist mir egal, was du alles hinter dir hast*, hat Hendrik gesagt.

Ich kletter den Lichtmast hoch. Alle sind im Taumel. Niemand sieht mich. Noch nicht.

*Ich weiß, daß du lieben kannst*, hat Hendrik gesagt. Aber Jean ist nicht gekommen. Ich kletter höher. Wenn Jean nicht gekommen ist, warum ist Jim dann tot?

*Laß dir doch nichts einreden von so 'nem frustrierten Paukerschwein*, hat Hendrik gesagt.

Es ist egal, oder? Es zählt nicht. Es war sowieso umsonst. Und meine Alten müssen die Kohle nicht mit mir teilen. Höher.

*Ich liebe dich. Ich liebe dich, Lisa!*

Vorbei, Hendrik. Ich hätte dich gern geliebt. Aber ich weiß nicht, wie das geht. Und Jim ist tot. Wenn Kilb recht hat, dann hab ich ja nicht mal den geliebt. Höher.

Ich bin oben. Ein Wahnsinnsblick. Die Menge da unten wie Ameisen. Schreien, Kreischen, Jubeln, Saufen. Vanessa hat wieder angefangen zu spielen. Im Hintergrund basteln Lea und Lilo an den Geräten rum. Unsichtbar für die Fans. Ich sehe es. Man sieht alles von der Startrampe. Schade, ihr beiden. Wird nichts werden mit den dreißig Riesen.

Doch, meinen Kater habe ich sehr, sehr gern gehabt. Ich habe ihm das Leben gerettet. Mit dem Geld aus meiner kleinen Kinderfaust. Und die Hand meines Vaters war dreimal so groß.

*Nach dem Konzert kommst du mit zu mir*, hat Hendrik gesagt. Tränen in den Augen. Immer Tränen in den Augen. Ein Heulhendrik. *Da feiern wir dann. Nur wir beide. Aber du kannst auch gleich schlafen gehn. Ich mach alles so, wie du es willst.* Schade, Hendrik.

Ich habe Jim geliebt, du blöder Pauker! Wenn ich ihn nicht geliebt hätte, dann hätte ich ihn nicht getötet. Leider, Jim. Vorbei, Jim. Alles.

Sie wollen es nicht mehr hören, stimmt's? Sie glauben mir sowieso nicht mehr. Und Sie sehen mich nicht. Sie gaffen auf die Bühne. Wollen feiern. Ein neues Jahrtausend. Noch mal tausend Jahre die gleiche Scheiße wie bisher.

Aber feiern Sie ruhig. Gleich. Gleich werden Sie mich sehen.

Auf der Bühne ist plötzlich Chaos. Keine Ahnung, was passiert. Doch. Hendrik rennt zum Mikro. Bullen und Ordner hinter ihm her. Vanessa geht ab. Ohne Beifall. Jetzt endlich bekommen Sie Ihr Fett.

»Lisa«, ruft Hendrik. Ein echt voller Sound. »Lisa!« Alle klatschen, kreischen, jubeln. Halten es für einen Gag. Aber ich bin nicht mehr witzig.

»Lisa, dieser Jean ist da!« ruft Hendrik. Dann fangen sie ihn weg. Und schieben den Ansager vor. Ich höre Sirenen. Bullen. Die Retter. Rüstung, Schimmel und Verlies.

»Und nun kommt, und ich sage euch, sie kommen gewaltig«, heizt der Ansager die Stimmung an, »jetzt kommt die wohl beste Mädchenband des Potts. Was sage ich? Die beste Mädchenband Deutschlands. Europas. Und bald der ganzen Welt. Vier Wochen lang in den Top Ten. Die Männermordende Mädchenband vom Moers. Vergeßt Moers! Hört *Virgin Scorpions*! Wow!« Mein Stichwort.

»Wollen Sie wirklich springen?« fragt einer. Gottes Stimme ist es nicht. Ist der Bulle von vorhin. Hockt auf der Lichtbrücke. Läßt die Beine baumeln und guckt mich an. »Warum?«

»Warum nicht?«

»Tja.« Der Bulle massiert sich die Stirn. Ich höre Sirenen. Immer mehr Sirenen. Mein größter Auftritt. »Vielleicht sollten Sie nicht springen, weil Sie das Leben noch vor sich haben«, schlägt er vor. Ich muß was tun. Bevor sie räumen.

»Vielleicht hab ich mein Leben noch vor mir«, sag ich. »Kein Leben hab ich schon hinter mir.«

»Ja«, sagt er. »Die arme Katze.«

War sein Fehler. Ich will, daß Sie wissen: Es war sein Fehler. Das hätte er nie sagen dürfen. Und nun können Sie gespannt sein. Denken Sie jetzt an den Schneider von Ulm.

Übrigens hieß ich Maike.

**Helga Anderle**
*Tod einer Langstreckenfresserin*

In der Nachkriegszeit war das Café hinter der Oper ein beliebter Treff des Schwarzhandels und der internationalen Geheimdienste gewesen. In den Jahren danach verirrten sich nur selten ausländische Touristen hierher, großteils wurde es von Einheimischen, Cello spielenden Zahnärzten, inkontinenten Hofratswitwen, irren Weltverbesserern, Komparsen aus der Oper und pensionierten Beamten bevölkert, die sich in dem vergammelten, plüschigen Ambiente wohl fühlten. Mit der Übernahme durch einen japanischen Konzern und der unsensiblen Renovierung in den späten siebziger Jahren hatte man ihm seinen dekadenten, morbiden Charme exorziert und damit auch die Stammgäste vertrieben. Seitdem wurde das Lokal in erster Linie von japanischen Reisegruppen frequentiert, die sich gegenseitig beim Verspeisen typischer Wiener Mehlspeisen fotografierten beziehungsweise mit der Aufforderung »Please, take picture!« den Ober dafür einspannten.

Aber auch die beiden mittelalterlichen Damen, wiewohl unverkennbar hiesiger Provenienz, hielten ihn ganz schön auf Trab. Sie hatten, sichtlich pikiert über das fernöstliche Tohuwabohu, zweimal den Platz gewechselt und sich endlich, abgeschirmt von einem täuschend echten Plastikphilodendron, in der abgelegensten Nische niedergelassen, so daß er bei jeder Bestellung das gesamte Lokal der Länge nach durcheilen mußte. Zuerst hatten sie Kaffee – eine Melange, eine Schale Gold –, dazu Apfelstrudel und Heidelbeerschnitten konsumiert; etwas später hatte ihn die hochgewachsene, elegante Blondine herangewunken und etwas Hochprozentiges verlangt. Ohne lange zu überlegen, hatte er ihnen den steirischen Himbeergeist – seinen Lieblingsschnaps – empfohlen. Die andere – klein, in einem grauen, viel zu engen Kostüm und einer mißglückten Dauerwelle Marke Drahtwaschel – hatte anfangs zwar protestiert, war jedoch bereits beim ersten Stamperl auf den Geschmack gekommen. Nach dem dritten waren ihre Gesichtszüge deutlich entgleist, dafür lief nun ihr Mundwerk wie geschmiert. Kein Wunder, daß sie schwankte, als sie schließlich aufstand, um sich von ihrer Gastgeberin zu verabschieden. Vorsorglich behielt er sie im Auge. Als sie den ersten Stuhl auf ihrem Weg polternd umstieß, war er sofort herbeigeeilt, hatte sie diskret am Ellbogen gefaßt und um alle Hindernisse herum sicher zur Tür gelotst.

Draußen, von der kühlen Abendluft wieder einigermaßen ernüchtert, begann es der Molligen zu dämmern, daß sie sich von einer Machiavellistin ersten Ranges einkochen und nach Strich und Faden hatte ausfratscheln lassen. Natürlich war sie über die Einladung verwundert und anfangs mißtrauisch gewesen. Aber das raffinierte Weibsbild hatte sie zuerst mit Schmeicheleien eingelullt, ihr dann mit Schnaps die Zunge gelöst – und schon hatte sie alles über ihre Chefin ausgeplaudert. Es hatte richtig gutgetan, sich einmal den ganzen Frust von der Seele zu reden, zumal sie im Gegenzug auch einige hochinteressante Dinge erfahren hatte. Das konnte lustig werden, wenn die fette Kuh am Montag eiskalt von der Neuigkeit überrascht wurde ...

Aufgekratzt und bestens gelaunt entschied sich die Blondine vor dem Nachhausefahren für einen Auslagenbummel durch die Kärntner Straße. Sie konnte sich gratulieren, daß ihr die Idee zu dem Kaffeeklatsch gekommen war. Dank dieser unglaublich dämlichen Tratschtante war sie jetzt bis ins kleinste Detail über alles im Bilde und hatte noch drei Tage Zeit, um sich die beste Vorgehensweise zu überlegen. Wenn sie in der Redaktion erst einmal das Kommando hatte, würde sie die Plaudertasche – diese illoyale, unattraktive, geistig minderbemittelte Person – bei der ersten Gelegenheit an die Luft setzen.

*

So präzise Madame Zolara Fußballergebnisse, Wahlausgänge und sonstige die Nation bewegende Ereignisse vorhersagte – mit ihrer Prognose: »Österreich darf sich auf einen Traumsommer freuen« hatte die populäre, rothaarige Seherin völlig danebengelegen. Für Ende Juli war es viel zu kalt, am Wochenende hatte es in den Bergen sogar geschneit. Entsprechend eisig war der Wind, der an diesem Montagvormittag durch Wien pfiff. In der Redaktion der Gourmetzeitschrift *La Table Ronde* hatten einige Leute sogar ihre Jacken und Mäntel anbehalten, um nicht zu frieren. Nur Leonore Kröger fror nicht. Schwitzend hockte sie – nach einwöchiger Absenz – wieder an ihrem Schreibtisch.

Obwohl sie seit vierundzwanzig Stunden nichts als Zwieback und Tee zu sich genommen hatte, kam sie sich aufgedunsen wie ein Germknödel vor. Es war schlichtweg paradox: In der vergangenen Woche hatte sie beim Abklappern der Hochburgen heimischer Gastronomie tagtäglich die besten Champagner, Weine und Liköre gesüffelt und dazu die exquisitesten Kreationen der genialsten Chefköche des Landes verzehrt. Aber was jedem Feinspitz wie eine Traumreise durchs Schlaraffenland vorkommen mochte – für einen Profiesser war es das reinste Martyrium. Noch Tage danach quälten sie die üblichen Beschwerden aller Langstreckenfresser: saures Aufstoßen, Sodbrennen, Völlegefühl, Verstopfung und geradezu groteske Blähungen. Trotz des lauwarmen Kamillentees, um den sie Anni, ihre Sekretärin, gebeten hatte, und der Tabletten, die sie laufend schluckte, hörte es nicht auf, in ihrem Magen zu zwicken und zu rumoren. Schade, daß sie es nicht fertigbrachte, sich einfach den Finger in den Rachen zu stecken. Mit dieser Methode verschafften sich viele ihrer weniger zimperlichen Kollegen Erleichterung.

Erfahrungsgemäß beruhigte sich ihr gepeinigtes Verdauungssystem nach ein paar Tagen strikter Diät. Weitaus schlimmer hingegen waren die langfristigen Folgen. Mit jeder Freßtour setzten sich an Bauch, Hüften und Beinen unweigerlich neue Fettwülste an, so daß aus ihrer seit jeher walkürenhaften Figur allmählich ein unförmiger Koloß geworden war. Daß man sie redaktionsintern »Venus von Kilo« titulierte, war geradezu geschmeichelt.

Es half nichts, in Selbstmitleid zu versinken. Sie sollte sich besser zusammenreißen und zur Tagesordnung übergehen. Jeder Beruf hatte seine Schattenseiten, auch ihrer. Zu den unangenehmsten gehörten die vielen Schmähbriefe und Drohanrufe, natürlich immer anonym, mit denen sie jedesmal nach Erscheinen ihrer Kolumne rechnen mußte. Erst heute morgen hatte Anni wieder einen ganzen Stapel übelster Ergüsse auf ihrem Schreibtisch abgeladen.

Selbstverständlich war sie bereit, sich einer offenen, fairen Diskussion zu stellen. Aber mit anonymen Drohungen konnte man sie nicht kleinkriegen. Schließlich war sie die Kröger, die unumstrittene Doyenne der Gourmetkritik. Es war ihr alleiniges Verdienst, das Schnitzel- und Schweinsbratenland auf internationales kulinarisches Niveau gebracht zu haben. Mochte man sie noch so hassen – ohne sie hätte die heimische Gastronomie weiter in ihrem Dauerschlaf dahingedämmert.

Kochen war ein faszinierendes Metier. Leonore hatte nichts gegen die soliden Handwerker, ihre Bewunderung jedoch galt jenen genialen Köchen, die mit Kreativität, Einsatz und Leidenschaft das Kochen zur Kunst erhoben. Der Großteil hatte die Ochsentour durch französische, Schweizer oder fernöstliche Drei-Sterne-Restaurants absolviert. Andere wiederum hatten jahrelang die Gaumen von Kreuzfahrtpassagieren verwöhnt, ehe sie sich mit ihren Ersparnissen und Bankkrediten an das Risiko wagten, ein eigenes Lokal zu eröffnen. Es war verdammt schwer,

sich an die Spitze zu kochen. Oft dauerte es Jahre, bis aus einem Geheimtip eine Pilgerstätte der Hohen Kochkunst wurde, für die passionierte Feinschmecker freudig auch die mühsamste Anreise in Kauf nahmen.

In ihrer Macht lag es, diesen Prozeß zu beschleunigen. Je hymnischer sie sich über ein Lokal äußerte, desto früher folgten die immer auf der Suche nach neuen Geschmackserlebnissen befindlichen Genießer ihren Empfehlungen. Wehe jedoch, wenn sie einen Koch, der bereits mit einer von ihr verliehenen Haube liebäugelte, als Stümper enttarnte. Dann konnte das Lokal nur noch Busladungen voll sonntäglicher Schnitzeltouristen abfüttern oder gleich Konkurs anmelden ...

Inzwischen war es Mittag, ihr elender Zustand unverändert, und sie hatte noch nicht eine Zeile ihres Berichts geschrieben. Als ob sie Gedanken lesen konnte, kam ihre Sekretärin mit einer Kanne frischgebrühtem Tee herein. »Brauchen Sie sonst noch was, ich mach jetzt Essenspause!« Den Türgriff schon in der Hand, fiel ihr noch etwas ein. »Nicht vergessen, Frau Kröger, um fünf Uhr will der neue Verlagsleiter mit Ihnen sprechen!«

Als Leonore ansetzte, um sich zu bedanken, entwich ihr statt dessen ein unfreiwilliger Rülpser. »Pardon«, entschuldigte sie sich beschämt. »Ach übrigens, Anni, Sie haben mir noch gar nicht erzählt, was inzwischen in der Redaktion los war. Gibt es irgendwelche Reaktionen auf meine Boykottaufrufe? Hat man sich schon geeinigt, wer ...« Sie erhielt keine Antwort. Die Sekretärin war bereits gegangen.

Mühsam stemmte sich Leonore aus ihrem Sessel. Am liebsten wäre sie nach Hause gegangen. Andererseits konnte sie sich nicht erlauben, die Besprechung abzusagen. Was sie jetzt unbedingt brauchte, war frische Luft. Es blieben ihr nur noch knappe zwei Stunden, sich auf das Meeting mit dem Verlagsleiter vorzubereiten.

Bestimmt würde er ihr den Selbstmord des Chefkochs der »Drei Dragoner« vorhalten. Der Vorfall hatte der Zeitung sehr geschadet – kaum noch ein Restaurant wollte bei ihnen inserieren. Alle gaben ihr die Schuld, obwohl sie lediglich ihre objektive Meinung geäußert hatte, daß das Niveau der Küche kaum zu unterbieten war, daß der Service schlecht war, und daß man in jedem Vorstadtbeisel ein besseres Beuschel vorgesetzt bekam als in dem Nobel- und Nepplokal.

Ebensogut konnte es aber auch um die Briefe gehen, die sie noch vor ihrer Tour an alle Hauben-Restaurants verschickt hatte, um sich ihrer Loyalität zu versichern, nachdem ihr gerade noch rechtzeitig zu Ohren gekommen war, daß die Konkurrenz gegen ihr Hauben-Monopol putschte und die Verleihung einer *Trophée Gourmet* plante. Eine Schwachsinnsidee, die sich diese Bohnenstange vom *Feinspitz* ausgedacht haben mußte. Kein Restaurant würde es wagen, sich dem Boykott dieser *Trophée*, zu dem sie in ihren Briefen unmißverständlich aufgefordert hatte, zu widersetzen.

Von den paar Schritten war ihr schwindlig geworden. Ächzend ließ sie sich wieder in ihren Bürostuhl sinken. Eine Windböe rüttelte an den Fenstern, der kalte Luftzug

123

jagte ihr eine Gänsehaut über den Rücken. Für einen kurzen Augenblick verdunkelte ein Schatten das Fenster, aber bevor ihr überfüttertes Gehirn die beiläufigen Wahrnehmungen zu den Reflexrelais durchschalten konnte, um ihnen Adrenalinausstoß, Flucht oder Abwehr zu signalisieren – war es bereits zu spät.

Sie fühlte den Stoß im Rücken, aber keinen Schmerz. Vom Schaden, den das Schlachtermesser in ihrem Inneren angerichtet hatte, ahnte sie nicht das geringste. Schon überschwemmte der Blutstrom aus den durchtrennten Gefäßen die beiden Herzkammern. Bald war die Löschpapierunterlage auf ihrem Schreibtisch mit Blut vollgesogen, und aus dem kleinen Rinnsal, das sich unter ihrem rechten Brustkorb bildete, liefen die ersten Tropfen senkrecht den Ärmel hinunter. Kurzfristig sammelten sie sich an der Kuppe des Mittelfingers, bis sich der erste vorwitzige Tropfen löste und in einer mikroskopisch kleinen Fontäne auf dem Boden aufschlug.

Kurz bevor Leonore endgültig das Bewußtsein verlor, durfte sie als letzte Gnade noch das ultimative Geschmackserlebnis auskosten, dem sie zeitlebens vergeblich nachgelaufen war. Wie durch ein Wunder liebkoste eine superbe Sauce hollandaise die Geschmacksknospen auf ihrer Zunge, der als harmonische Ergänzung das Zartbittere einer Spargelspitze folgte. Dann war sie tot.

*

Annis Schrei war bis in den letzten Winkel der Redaktion zu hören und ließ allen Anwesenden das Blut in den Adern stocken. Magnetisch angezogen von dem Heulton, lief einer nach dem anderen hinaus auf den Gang. Vor Schreck war Anni die Kaffeetasse aus der Hand gefallen, ihr Kleid war von der schwarzen Brühe völlig durchnäßt. Wie versteinert stand sie vor der Tür und deutete stumm mit der ausgestreckten, zitternden Rechten in Richtung Schreibtisch.

Leonores massiger Oberkörper begrub den Großteil der Tischplatte unter sich. Aus der Entfernung erinnerte der Anblick an ein Walroß, das am Meeresufer gestrandet war. Das längliche Ding, das aus ihrem Rücken ragte, war unverkennbar der Griff eines Schlachtermessers.

Meyer, der Art-Direktor, fand als erster die Sprache wieder. »Was für ein Gemetzel, ekelhaft! Jemand muß die Rettung rufen!« Alle starrten gebannt auf die grausige Szene, keiner rührte sich. Endlich gab sich Gerda, die Anzeigenleiterin, einen Ruck. »Ich hab beim Roten Kreuz einen Erste-Hilfe-Kurs gemacht, vielleicht lebt sie noch!«

»Das sieht doch ein Blinder, die ist so tot wie der Ötzi. Das ist ein Fall für die Polizei. Kaum anzunehmen, daß sie sich beim Rückenkratzen selbst ... die hat jemand erstochen!« interpretierte Tillmann, der stellvertretende Chefredakteur, kennerisch das dargebotene Tableau.

Annis hysterisches Kreischen übertönte mühelos die aufgeregten Spekulationen, mit denen Tillmanns Worte aufgenommen wurden. »Ein Mord, das überleb ich nicht!«

»Eine Leiche reicht, sparen Sie sich das Theater«, rief Tillmann sie scharf zur Ordnung.

Der Notarzt vom Johanniterdienst warf nur einen Blick auf Leonore. Seine Bemühungen kamen zu spät. Er und seine Truppe machten auf dem Absatz kehrt.

Als nächstes traf die Polizei ein. Zuerst zwei Uniformierte, die nicht zuständig und von der Situation eindeutig überfordert waren. Dann kamen drei Zivile, von denen der Korpulenteste und Älteste das Sagen hatte. Krauses Haar, untersetzt, mit einem Gesicht, in dem sich das Phlegma eines gutmütigen Bernhardiners widerspiegelte, stellte sich der Mann als Gruppeninspektor Schöberl vor. Als erste Maßnahme schickte er in brüskem Ton das geschockte Redaktionspersonal wieder an seine Arbeitsplätze zurück. »Bitte, meine Herrschaften, machen's keine Spompernadeln, sondern folgen Sie unseren Anweisungen! Und daß mir ja keiner davonspaziert, bevor wir nicht alle befragt haben!«

Bald herrschten am Tatort hektische Aktivität und Lärm. Nach etwa einer halben Stunde gab Schöberl den Leichnam zum Abtransport frei. »Paßt's ja auf, Leuteln, net daß euch an Bruch hebt's!«

Die Pathologin, eine forsch auftretende Blondine mit ausgeprägtem Überbiß, wimmelte seine Fragen kurzangebunden ab. »Ich nehm sie jetzt mit, nach der Untersuchung weiß ich mehr. Der Tod ist erst vor kurzem eingetreten, sie ist noch ganz warm.«

Schöberl steckte das blutige Schlachtermesser in eine Plastiktüte. »Das Corpus delicti muß besonders sorgfältig auf Fingerabdrücke untersucht werden«, instruierte er seine Mitarbeiter. Woher es stammte, war bereits geklärt.

Anni Hofer, die Sekretärin der Ermordeten, hatte sofort bemerkt, daß aus dem sechsteiligen Messerset auf dem Regal hinter dem Schreibtisch eines fehlte. »Das Geschenk eines Anzeigenkunden. Frau Kröger hat es im Büro gelassen, weil ihr die Messer zu scharf waren ... sie hat Angst gehabt, sich damit zu verletzen!«

Mit einem schnalzenden Geräusch entledigte sich Schöberl seiner Gummihandschuhe. Zu dumm, daß sein Kollege Hirschmann seit heute in Urlaub war. Jetzt hatte er den Fall am Hals. Schöne Bescherung. Mitten in der Saure-Gurkenzeit ein Mord im Journalistenmilieu. Ein gefundenes Fressen für die Zeitungsschmieranten. Hoffentlich ergab sich bald etwas, womit er der gierigen Meute das Maul stopfen konnte.

Der Inspektor trat ans Fenster, den breiten Rücken gebeugt unter der Last der Verantwortung, die Hände vor Anspannung fest geballt, so daß die Knöchel weiß hervortraten. Er war immer gern Polizist gewesen, hatte nie etwas anderes sein wollen. In letzter Zeit fühlte er sich nur noch wie ein Hamster in seinem Laufrad. Zwei Jahre fehlten ihm noch bis zur Pension. Ausschlafen, faulenzen, Tomaten pflanzen im Schrebergarten, angeln gehen. Wer weiß, mit wie vielen Verbrechen er sich noch herumschlagen mußte, bevor es soweit war. Demnächst stand seine Beförderung an. Die konnte er sich abschminken, wenn er den Kröger-Mord nicht vorher aufgeklärt hatte.

Das Fenster ging in einen trostlosen Lichtschacht hinaus. Auf dem gegenüberliegenden schmalen Fenstersims balzte ein Täuberich um die Gunst eines Weibchens. An-

sonsten nichts als graue Wände, von denen der Verputz
bröckelte, schmutzstarrende Fensterscheiben und im Par-
terre, neben überquellenden Müllcontainern, eine ausran-
gierte Matratze. Die trostlose Hinterseite eines straßensei-
tig auf Hochglanz polierten Jugendstil-Gebäudes. Vorne
hui, hinten pfui! Irgendwie symptomatisch für diese
Stadt.

Der weitläufige helle Raum, in dem üblicherweise die
Redaktionskonferenzen abgehalten wurden, war kurzfristig als Vernehmungszimmer requiriert worden. Als erstes
nahm sich der Inspektor Anni Hofer vor. Blaß und immer
noch mitgenommen, nahm sie ihm gegenüber Platz. Mit
einem Taschentuch rieb sie über die feuchte Vorderseite ihres Kleides.

Gesehen hatte sie nichts. Sie schwor Stein und Bein, daß
sie ihren Platz höchstens für zehn Minuten verlassen hatte,
um Kaffee zu kochen. Trotzdem hatte sie von der Kaffee-
küche aus den Eingang im Auge behalten. Nicht einmal
eine Maus wäre unbemerkt hereingekommen.

»Sie kannten die Tote gut. Haben Sie einen Verdacht,
wer ...«

Die Sekretärin wich seinem Blick aus, sah zu Boden und
schüttelte den Kopf. »Gourmetkritiker machen sich überall Feinde. Meine Chefin hat ständig Morddrohungen gekriegt, massenhaft Briefe, Anrufe, selbstverständlich immer anonym. Nachdem sich der Chefkoch von den ›Drei
Dragonern‹ wegen ihrem Verriß den Strick gegeben hat,
ist's besonders arg geworden ...«

»Am besten, Sie geben uns eine Liste ... die Lokale werden wir alle unter die Lupe nehmen müssen.« Kaum war der Satz draußen, bereute er ihn schon. Wenn auf die Frau Verlaß war, dann mußte der Täter in der Redaktion sitzen. Wie wäre er sonst unbemerkt hereingekommen? Schöberl starrte auf das feuchte und zerknitterte Kleid. Es gelang ihm aber nicht, sich diese Frau, die die Ausstrahlung einer Valiumtablette hatte, mit einem Schlachtermesser in der Hand vorzustellen.

»Und wie war Ihr Verhältnis? War Ihre Chefin in der Redaktion beliebt?« fragte er vorsichtig.

»Was mich angeht, ich bin gut mit ihr ausgekommen«, antwortete die Hofer rasch.

»Und die anderen?«

Wieder schüttelte sie den Kopf. »Na ja, es war kein Honigschlecken mit ihr ... Frau Kröger war sehr anspruchsvoll, eine typische Jungfrau ... So jemand handelt sich nicht nur Sympathien ein ... aber daß einer von uns sie ... unmöglich!«

Schöberl schwieg einen Moment. »Und ihr Privatleben? Gab es da irgendwelchen Zores? Eifersüchtige Liebhaber oder so was in der Art?«

»Liebhaber?« die Sekretärin lachte kurz auf. »Entschuldigen Sie, wenn ich lache, aber Sie haben sich doch ein Bild von ihr machen können, oder? Nein, nein ... Frau Kröger ist ganz in ihrer Arbeit aufgegangen. Außer ihrer Mutter und ein paar Katzen gab es niemanden ... aber beruflichen Zores hatte sie jede Menge!«

Der Inspektor horchte auf. »In welcher Hinsicht denn?«

»Nicht, daß Sie mich für eine Tratschen halten ... aber auf den Chefredakteursposten hat sie vergeblich gespitzt ... ich weiß aus zuverlässiger Quelle, daß ihre Tage in der Redaktion gezählt ...« Die Sekretärin verstummte abrupt, als habe sie schon zuviel gesagt. »Am besten, Sie reden selber mit unserer neuen Geschäftsleitung, heute wäre die Bombe geplatzt, wenn Frau Kröger nicht vorher ...«

Bevor Schöberl die Sekretärin entließ, bat er sie noch einmal um die anonymen Briefe sowie Kopien der letzten Verrisse.

Tillmann, seines Zeichens stellvertretender Chefredakteur, war der nächste. Bereits um die Sechzig, korrekter grauer Anzug mit Weste, dezente hellgraue Krawatte, das weiße, immer noch volle Haar sorgfältig gefönt, schien er den aussterbenden Typus des Salonlöwen verkörpern zu wollen. Kaum war die Tür hinter ihm zu, legte er auch schon ungefragt los.

»Ich hab's ja gewußt, daß es so kommen würde ... Weiber sind als Gourmetkritiker ungeeignet ... von den Finessen der *Haute Cuisine* haben sie keinen Schimmer ... Mir reicht es schon, daß sich bei meinen Weinseminaren immer mehr von diesen karrierewütigen Tussis anmelden ... überall wollen sie mitmischen, in der Wirtschaft, in der Politik, bei den Philharmonikern ... jetzt wollen sie auch noch als Vinologinnen brillieren.« Sein Redefluß versiegte erst, als ihm die Luft ausging. Schöberl nutzte die Pause, um ihm eine Frage zu stellen.

Tillmann schnaubte verächtlich. »Feinde? Die alte Schabracke hatte mehr als ein Hund Flöhe ... überall ist sie mit ihrer arroganten, besserwisserischen Art angeeckt ... Sie haben sicher schon vom Selbstmord ...«

Schöberl nickte.

»Als Chefredakteurin hätte sie uns glatt ruiniert, und das sage ich nicht, weil ich selbst ...« Der Satz blieb unvollendet.

Spuck's schon aus, suggerierte ihm der Inspektor.

Aber Tillmann zuckte nur mit den Achseln. »Tja, ich muß Sie leider enttäuschen, ich hab ein Alibi ... ich war den ganzen Nachmittag in der Druckerei ...«

Meyer, der Art-Direktor, ließ ausrichten, daß er im Moment unabkömmlich sei. Schöberl machte ihn im Foto-Studio ausfindig. Anders als die blassen Figuren, die er bisher kennengelernt hatte, war Meyer recht auffallend gestylt. Seine große, klapprige Gestalt steckte in abenteuerlich gemusterten Klamotten, die dunklen Locken waren im Nacken zu einem Zopf gebändigt, und sein Gehabe war das einer hippen Disco-Queen.

Von Scheinwerfern und einem Schlangengewühl aus Kabeln umgeben, war er gerade dabei, ein kulinarisches Stilleben zu komponieren. Mittelpunkt des Geschehens war ein runder Tisch mit erlesenem Porzellan, feinstem Silber und einem blau-weißen Blumenarrangement. Vorne, auf einem Teller, prangte ein Stück Sachertorte.

Es schüttelte Schöberl unwillkürlich, als er mitansehen mußte, wie ein Fotoassistent einen riesigen Klacks Rasierschaum auf die Torte spritzte. »Kommt auf dem Foto besser rüber als Schlagobers,« erklärte Meyer lachend. »Schaun's lieber weg, sonst vergeht Ihnen noch der Appetit!« Er bat Schöberl zu warten, bis die Aufnahme im Kasten war. Als das ungenießbare Foto-Objekt anschließend im Mülleimer landete, schaute Schöberl dennoch bedauernd hinterher.

»Ich war seit acht Uhr im Studio, außerdem bin ich so ein friedfertiges Lämmchen, daß ich niemals ... ich will gar nicht dran denken, was ich künftig für Alpträume haben werde ... das viele Blut, igitt! Wer in Frage kommen könnte? Bestimmt ein Racheakt ... die Kröger war eine Puristin, die Geißel mittelmäßiger Gastronomie ... zeitgeistiges Larifari, modisches Chichi, Effekthascherei waren ihr zutiefst zuwider ... päpstlicher als der Papst, dabei ist sie schon mal übers Ziel hinausgeschossen!«

Der Inspektor sammelte seine Truppe ein. Auch aus den Befragungen seiner Mitarbeiter hatte sich kein konkreter Verdacht ergeben.

*

Als sich Schöberl am nächsten Morgen eine Portion Rasierschaum ins Gesicht pappte, überlief ihn eine Gänsehaut. Von Kindheit an war er ein Zuckergoscherl. Hoffentlich hatte er nun kein Sachertorten-Trauma.

Aus dem Autopsiebericht, der gegen Mittag auf seinem Schreibtisch landete, ging nichts hervor, was Licht in den Fall gebracht hätte. Quasi als Fleißaufgabe hatte man festgestellt, daß die Tote unter anderem an einer akuten Leberentzündung und einer schweren Gastritis gelitten hatte und daß sie es angesichts des desolaten Zustands ihres Verdauungssystems höchstens noch ein Jahr gemacht hätte. Wie nicht anders erwartet, hatten die von dem breiten Messer verursachten schweren inneren Blutungen zum Tod geführt, der um 15.30 Uhr eingetreten war.

Todesursache, Tatzeit sowie die Tatwaffe gaben keinerlei Rätsel auf. Blieb lediglich die Frage, wer der Mörder war und wie er ungesehen hatte hereinkommen können. Offenbar war die Tote in der Redaktion nicht sonderlich beliebt gewesen. Gut möglich, daß ihn einer der Befragten, insbesondere die Sekretärin, angelogen hatte.

Andererseits erschienen dem Inspektor die Hinweise auf einen Racheakt aus der Gastro-Branche plausibel. Wenn er sie erhärten wollte, mußte er wohl oder übel die Restaurants abklappern, die Frau Kröger verrissen hatte.

Infolge der Kochkünste seiner Frau und des Fraßes, mit dem er in der Kantine abgefüttert wurde, war Schöberls Geschmackssinn für die *Haute Cuisine* verdorben. Allein beim Gedanken, man könnte ihm bei seinem Besuch die Verkostung von Schnecken oder gar Froschschenkeln antragen, würgte es ihn.

Ganz oben auf der Liste, die die Sekretärin ihm gegeben hatte, stand die »Blaue Ente«. Schöberl rief an, um sicherzugehen, daß er nicht mitten in die Stoßzeit hineinplatzte. Dann machte er sich auf den Weg. Das Lokal war noch geschlossen. Der Oberkellner, in legerem Pullover und Jeans, ließ ihn beim Hintereingang herein. Schöberl lehnte den angebotenen Champagner dankend ab, zu einer Tasse Kaffee sagte er aber nicht nein. An den Besuch der Verstorbenen erinnerte sich der Kellner noch lebhaft.

»Sie ist inkognito gekommen, allein. Als Hauptgang hat sie Lammfrikassee mit Basilikum bestellt und dazu einen Beaujolais. Kaum hat sie den Wein gekostet, hat sie den Mund verzogen und behauptet, er sei zu warm. Sie hat verlangt, daß ich ihr einen Kübel mit Eiswürfeln bringe! Das muß man sich einmal vorstellen! Ein ungeheuerliches Sakrileg! Am Lamm hat sie nur herumgeschnuppert und es sofort weggeschoben. So ein muffeliges Stallvieh sei bestenfalls als Hundefutter geeignet ... Auf die Tour hat sie weitergemacht, bis es mir zu bunt geworden ist, und ich den Küchenchef geholt habe. Da ist der Wirbel erst richtig losgegangen ... peinlich dieses Aufsehen! Auf das Dessert hat sie verzichtet und statt dessen die Rechnung verlangt. Die Haube hätten wir uns verspielt, hat sie bei ihrem Abgang erklärt, sie sei nämlich im Gegensatz zu den übrigen Anwesenden kein bloßer Geldbeutel, der sich für snobistische Effekthascherei teures Geld aus der Tasche ziehen lasse, sondern die Kröger von *La Table Ronde*. Diese eingebildete Schnepfe!«

Der Küchen- und Schweißdünste verströmende Chef bestätigte, daß es sich so und nicht anders zugetragen hatte. »Aber unserem Ruf hat es zum Glück nicht geschadet, denn unmittelbar nach dem Vorfall hat uns die Homolka vom *Feinspitz* für die *Trophée Gourmet* vorgeschlagen!«

Beide Männer gaben bereitwillig zu, daß sie die Kröger liebend gerne an Ort und Stelle abgemurkst hätten. Für die Tatzeit hatten sie jedoch ein Alibi. »Was glauben's, was an dem Tag los war, von der Früh an haben wir wie deppert geschuftet. Am Abend haben wir ein Charity-Dinner für

Kosovo-Flüchtlinge ausrichten müssen ... 200 Gäste, jede
Menge Prominenz aus Politik, Kunst und Wirtschaft, sogar die *Seitenblicke* waren da«, erklärte der Chefkoch
stolz. Schöberl verzichtete dankend auf die Aufzählung
der einzelnen Gänge und nahm rasch seinen Abschied.

Im »Steinkrug« hatte man ebenfalls bereits vom Tod der
Gourmetkritikerin gehört, und auch hier weinte man ihr
keine Träne nach. Der Lokalbesitzer und sein junger Chef
waren sich einig, daß sie noch nie zuvor so blamiert worden waren wie von dieser Schlampe. »An der Gänseleber
ist zuviel Fett ... die Sauce zum Hecht ein Trauerspiel, total
überwürzt und pampig. Sie müssen noch viel lernen, bevor
sie sich Hoffnungen auf eine Auszeichnung machen können, junger Mann«, imitierte der Koch im Falsett Frau
Krögers Stimme. »Sie hat mich coram publico abgekanzelt,
wie einen Lehrbuben!« Der junge Mann machte Schöberl
gegenüber kein Hehl daraus, daß er die Gourmetkritikerin
rüde beschimpft und kurzerhand hinausgeworfen hatte.
»Wer immer es getan hat, sollte einen Orden bekommen.
Die fette Blunzen hat nichts Besseres verdient!« Aber zu
Schöberls Leidwesen hatte der zornige Maestro des Koch-
löffels ebenfalls ein Alibi, an dem nicht zu rütteln war.

\*

Die ganze Nacht wälzte sich Schöberl unruhig im Bett
herum. Immer wieder schrak er aus Alpträumen hoch, in
denen er unter Fleischbergen und Lawinen aus Eischaum
erstickte. Dabei hatte er noch längst nicht alle Restaurants

abgeklappert. Wenn er Pech hatte, konnten sich die Ermittlungen endlos lange hinziehen.

Am Morgen fühlte er sich wie zerschlagen und wäre am liebsten im Bett geblieben. Aber bevor dieser verflixte Fall nicht gelöst war, konnte er sich keine Schwachheiten leisten. Lustlos tauchte er sein Kipferl in den Milchkaffee.

»Jessas, wie du heut wieder ausschaust, machst dich noch ganz kaputt mit dem Fall«, bemerkte seine Frau.

»Wenn's nicht wegen der Beförderung wär, tät ich mir eh keinen Haxen ausreißen«, brummte Schöberl grantig. Er hörte, wie seine Frau mit der Zeitung raschelte, und ahnte, was jetzt kommen würde.

Im Gegensatz zu ihm glaubte seine Frau felsenfest an die Macht der Sterne und las ihm regelmäßig das Horoskop aus der Zeitung vor. Einmal war dabei die Rede von einem unverhofften Geldregen gewesen, und sie hatte ihn beschworen, unbedingt einen Lottoschein auszufüllen. Zu faul für die Kreuzelmalerei, hatte er statt dessen um einen Hunderter ein paar Brieflose erstanden. Von Geldregen freilich keine Spur, für die läppischen 200 Schilling hatte er seiner Frau einen hübschen Blumenstrauß gekauft. Sie war völlig aus dem Häuschen gewesen, weil die Vorhersagung eingetroffen war.

Inzwischen war seine Frau fündig geworden. »Paßt wie die Faust aufs Auge. Hör dir an, was dein heutiges Horoskop sagt«, rief sie erregt. »Mit Routine allein läßt sich Ihr Problem nicht bewältigen. Gehen Sie neue Wege. Auch solche, die Ihnen auf den ersten Blick verrückt erscheinen!«

Schöberl schüttelte ärgerlich den Kopf. »Verschon mich gefälligst mit dem Blödsinn!«

»Neue Wege«, wiederholte sie nachdenklich. Aus ihrem schier überwältigenden Fundus an Lebensweisheiten hatte sie sogleich eine Lösung parat. »Ich hab's! Warum gehst du nicht zu Madame Zolara, sie kann dir bestimmt helfen!«

Schöberl legte sein abgebissenes Kipferl beiseite. »Die Fernseh-Astrologin?«

Durch ihre allgegenwärtige Präsenz in den Medien hatte sogar der Inspektor schon von Madame Zolara gehört. Die rothaarige Seherin hielt mit ihren Weissagungen via Radio, Zeitungen und Fernsehen die ganze Nation in Bann. Im Chor der Weltuntergangspropheten, die sich insbesondere vor dem Millennium in grauenhaften Apokalypse-Szenarien gesuhlt hatten, hielt sie sich allerdings wohltuend zurück. Sie hatte versichert, daß das magische Datum nicht mit dem Ende der Welt einhergehen werde.

Im allgemeinen hielt Schöberl nichts von Astrologie und dem irrationalen Glauben, daß ferne Sterne und Planeten das menschliche Schicksal regierten. Als Polizist war er es gewohnt, sich auf Fakten und Beweise zu stützen. Aber diesmal brachten ihn seine Ermittlungen nicht weiter. Der Fall war an einem toten Punkt angelangt. Und er brauchte es ja, grübelte er, nicht an die große Glocke zu hängen, daß er eine Astrologin zu Rate zog. In seiner verzweifelten Lage war es den Versuch möglicherweise wert. Was konnte er dabei schon verlieren?

Auf dem Weg ins Büro verbannte er die verrückte Idee

jedoch wieder aus seinen Gedanken. Noch war er nicht soweit. Als sich allerdings auch an den folgenden Tagen nicht einmal der Hauch einer Spur oder eines Verdachts im Mordfall Kröger finden ließ, niemand an die Tür klopfte, um reumütig ein freiwilliges Geständnis abzulegen, keiner seiner Mitarbeiter von einer überraschenden Wendung berichten konnte, und der dumpfe Schmerz, der hinter seiner Stirn pochte, immer ärger wurde, platzte dem sonst eher phlegmatischen Kriminalisten der Kragen. In einem ungewohnten Anfall von Wut knallte er die Akte Kröger auf den Tisch. Die Kollegen zuckten zusammen und zogen in Erwartung eines Donnerwetters die Köpfe ein.

Es gab keines. Statt dessen quetschte sich Schöberl hinter dem Schreibtisch hervor, nahm seinen Trenchcoat und verließ gruß- und kommentarlos die Stätte seines unergiebigen Grübelns. Vielleicht half ein Spaziergang an der frischen Luft seinen Gedanken auf die Sprünge ...

Ziellos irrte er umher, ohne auf seine Umgebung zu achten. Obwohl die Temperatur inzwischen gestiegen war, blies ein kalter Wind. Seine Wut hatte sich während des Gehens in Luft aufgelöst, auch die Kopfschmerzen waren verschwunden. Unschlüssig sah er sich um. In dem Viertel war er noch nie gewesen. Am Straßenrand parkten nur wenige Autos, kein Mensch ließ sich blicken. Er war zwei Stunden herumgelaufen und fand sich nun vor dem eleganten Portal eines Jahrhundertwendebaus wieder.

Gleich neben dem Eingang prangte ein auf Hochglanz poliertes Messingschild, das sein ratloses Konterfei widerspiegelte. Unter Zuhilfenahme seiner Lesebrille gelang es ihm, die eingravierten Lettern zu entziffern: *Madame Zolara, Astrologin, Lebensberatung*. Sein Herz klopfte heftig. War es Vorsehung oder Zufall, daß er ausgerechnet hier gelandet war?

Er würde es auf den Versuch ankommen lassen und bald herausfinden, wie gut die Astrologin ihr Handwerk beherrschte. Bevor er ins Haus trat, vergewisserte er sich, daß ihn niemand beobachtete. Fehlte gerade noch, daß ein Reporter hinter ihm herschnüffelte. Mit dem Mut der Verzweiflung stieß er das Tor auf, aber mit jeder Stufe, die er nahm, wuchsen seine Hoffnung und Zuversicht.

Durch die Tür von Madame Zolaras Büro wehte dem Inspektor der vertraute Duft von Räucherstäbchen entgegen. Immer, wenn seine Frau ein Gericht anbrennen ließ, versuchte sie das Malheur mit Sandelholz oder Patschuli-Schwaden zu überdecken. Sie behauptete, die exotischen Aromen würden das Gemüt aufhellen und zu innerer Ruhe verhelfen. Bis jetzt hatte Schöberl nie etwas derartiges an sich beobachtet. Er bekam nichts als Kopfschmerzen und Niesanfälle davon.

Entschlossen drückte er auf die Klingel. Von innen antwortete ihm ein Summer, und schon schnappte die Tür auf. Im Foyer versperrte ihm ein Paravent aus Rattangeflecht den Weg. Mehrere Klangmobiles bimmelten im Luftzug leise vor sich hin, zu denen sich das Geklingel der vielen Ketten und Amulette gesellte, mit denen die Empfangsdame geschmückt war. Sie war in ein buntes Netzwerk aus Häkelgarn gehüllt und balancierte ihre üppige Fülle auf atemberaubend hohen Stöckelschuhen. Mit wakkeligen Schritten stolzierte sie ihm voran und führte ihn sogleich ins Allerheiligste.

»Alles wird gut; es war eine weise Entscheidung, mich aufzusuchen«, sagte die attraktive Mittfünfzigerin im Busineß-Kostüm, die dem Inspektor entgegenkam und mit festem Druck seine Hand ergriff. Nach dem wandelnden Gesamtkunstwerk im Vorzimmer hatte er sich eigentlich auf eine Steigerung gefaßt gemacht. Aber so, wie sich Madame Zolara präsentierte, hätte sie auch in der Direktionsetage eines Geschäftsunternehmens eine gute Figur gemacht. Sein Zutrauen wuchs, als sie ihn mit ihrer angenehmen Altstimme aufforderte, Platz zu nehmen.

Schöberl reichte ihr seine Karte. »Bevor ich zur Sache komme, muß ich Sie um äußerste Diskretion bitten. Nicht daß Sie der Presse gegenüber ...« begann er.

Die Astrologin verzog indigniert den Mund. »Aber, Herr Inspektor ... bei mir wird nicht geplauscht. In meiner Zunft ist man – anders als in Ihrer – an die Schweigepflicht gebunden ...«

Schöberl seufzte erleichtert auf. Dann legte er ohne Umschweife seine Fakten auf den Tisch. Dabei mußte er sich beschämt eingestehen, daß das Ergebnis seiner bisherigen Recherchen äußerst dürftig war. »Leider kann ich Ihnen nicht viel bieten«, murmelte er entschuldigend, während er rasch sein Taschentuch hervorholte und hineinnieste.

Madame machte eine wegwerfende Handbewegung. »Das ist Ihr Job und geht mich nichts an. Alles, was ich

brauche, ist eine Liste der Verdächtigen und ihre Geburtsdaten.«

Schöberl nickte und griff in seine Jackentasche. Soweit
hatte er seiner Frau immerhin zugehört, um zu wissen, daß
es in der Astrologie auf die Geburtsdaten ankam. Er hatte
sie sich vorausschauend aus dem Computer des Meldere-
gisters besorgt.

Sie nahm die Liste huldvoll entgegen. »Wenn die Daten
stimmen, reicht es mir völlig«, sagte sie. »Allerdings kann
ich nicht sofort ...«

Schöberl sah fasziniert zu, wie sie mit spitzen, rotlak-
kierten Fingernägeln fahrige Kreise auf einer mit Schrift-
zeichen bemalten Unterlage zog. Ein nervöser Tick? Oder
war es ihre Methode, mit dem Jenseits Verbindung aufzunehmen? Madame Zolara schaute so entrückt zur Decke
hinauf, daß er nicht wagte, sie zu fragen.

Ein plötzliches Telefonklingeln holte die Seherin im
Bruchteil einer Sekunde in die Realität zurück. »Sie wissen
doch, daß ich nicht gestört werden ...« bellte sie in den Hörer. Es gab ein kurzes Geplänkel mit der Sekretärin. Offenbar handelte es sich um einen wichtigen Klienten in akuter
Bedrängnis. »Es geht jetzt nicht, er soll's in zehn Minuten
wieder versuchen«, sagte Madame Zolara und legte auf.

»Ja, dann will ich Sie nicht länger ...« meinte Schöberl
und erhob sich.

Madame Zolara überließ ihm ihre Hand. »Wie ich
schon sagte, brauch ich etwas Zeit. Sagen wir bis morgen
abend.«

Den ganzen nächsten Tag über war Schöberl bei der Arbeit ziemlich geistesabwesend. Die Stunden bis zur Dämmerung zogen sich endlos dahin. Als er sich auf den Weg machte, war der Himmel von Regenwolken verhangen. Kurz vor seinem Ziel fielen schon die ersten Tropfen. Die Vorzimmerdame nahm ihm den Mantel ab und bat ihn durchzugehen. Madame Zolara erwartete ihn schon. Diesmal war ihr Schreibtisch mit merkwürdig aussehenden Tabellen und Diagrammen bedeckt. »Keiner der Verdächtigen auf Ihrer Liste kommt als Täter in Frage«, eröffnete sie ihm gleich zu Beginn.

»Was?« Schöberl war fassungslos. »Aber jemand muß es doch ...!«

Madame Zolara schüttelte energisch den Kopf. »Natürlich, aber es war mit ziemlicher Sicherheit kein Er!«

»Wer dann?« platzte Schöberl heraus.

»Nun, das läßt sich nicht so einfach sagen. Keines der Horoskope weist direkt auf den Mörder hin. Aber ich verlasse mich ohnehin nicht allein auf die Sterne, sondern auch auf meine Intuition. Alles deutet darauf hin, daß es sich um ein weibliches Wesen handeln könnte.«

Ein wenig genauer hätte Schöberl es sich schon gewünscht – schließlich war die Hälfte der Bevölkerung weiblichen Geschlechts.

Madame Zolara spürte seine Enttäuschung. »Sie müssen ein Fisch sein, Sie geben viel zu schnell auf. Ich wollte Ihnen gerade erklären, daß jedes Sternzeichen nicht nur bestimmte typische Charaktereigenschaften aufweist, sondern, daß für jedes Tierkreiszeichen auch eine spezifische Art des Mordens charakteristisch ist.«

»Ich bin astrologisch nicht versiert, das müssen Sie mir näher erklären«, bat er.

»Nun gut, bleiben wir gleich bei Ihnen«, sagte Madame Zolara. »Ein Fisch, wie Sie, steht unter der Regentschaft des Neptun, dem alle Flüssigkeiten zugeordnet werden. Alkohol zum Beispiel, Essenzen, Öle, Drogen, Gift ... Wenn Fische töten, dann am liebsten durch Gift oder Ertränken ...«

Schöberl blieb die Luft weg. Das Vermögen dieser Frau, in den dunkelsten Abgrund seiner Seele vorzudringen, war gespenstisch. Woher wußte sie von dem heroischen Kampf, den er jeden Morgen – während des Rasierens – mit sich austragen mußte? Dank eiserner Beherrschung hatte er den Impuls bisher unterdrücken können, aber schon oft war er nahe dran gewesen, seine in der Wanne pritschelnde Frau zu ersäufen. Nur damit endlich ihr nervtötender Gesang verstummte.

Sein Gesicht lief rot an, er kam sich ertappt vor. Doch die Astro-Lady war so in Fahrt, daß sie ihn gar nicht beachtete. »Wassermänner, zum Beispiel, neigen dazu, ihr Opfer unter Strom zu setzen, die Schützen wiederum, ein Feuerzeichen, bevorzugen die Verbrennung ...«

»Frau Kröger wurde mit einem Schlachtermesser erstochen. Welches Sternzeichen käme denn dafür in Frage?« unterbrach Schöberl ungeduldig.

Madame Zolara hatte wieder begonnen, mit den Fingern auf den bekritzelten Unterlagen herumzukreisen, und schien auf Empfang zu sein. Plötzlich stoppte sie.

Schöberl hielt gespannt den Atem an.

»Möglicherweise sind sowohl die Ermordete wie auch die Mörderin im Zeichen der Jungfrau geboren. Da, sehen Sie sich das an«, forderte sie den Inspektor auf und stieß ihren Zeigefinger mitten ins Gekritzel. »Zur Tatzeit stand Pluto in Quadratur zum Mars. Pluto steht für Gewalt. Bei dieser unheilvollen Konstellation ist die Gefahr groß, daß der Betreffende Opfer einer Gewalttat wird. Ebensogut kann es unter dem Einfluß von Pluto aber auch passieren, daß selbst ein durch und durch friedfertiger Mensch zum Mörder wird ...«

Schöberl zuckte zusammen. Bei Madame Zolaras letzter Bemerkung hatte es bei ihm geklingelt. Er versuchte sich zu erinnern ... Dieser Sachertortenschänder, dieser Meyer, hatte der sich nicht als friedfertiges Lämmchen bezeichnet?

Die Astrologin machte seine Überlegungen jedoch sogleich zunichte. »Sie haben sich schon lange genug verzettelt. Sie sollten im Umfeld der Toten nach einer weiblichen Person Ausschau halten, die im Zeichen der Jungfrau geboren ist, dann haben Sie die Täterin«, erklärte sie dezidiert.

Schöberl fröstelte bei der Bestimmtheit ihrer Aussage, als hätte ihn soeben der Hauch des Jenseits gestreift. Er bedankte sich überschwenglich bei der Seherin und eilte hinaus. Im Vorzimmer hielt ihn das lebende Gesamtkunstwerk auf und drückte ihm einen Zettel in die Hand, auf den vier Ziffern gemalt waren. 6 5 0 0 las er, ohne zu verstehen.

»Madame Zolaras Honorar«, klärte ihn die Vorzimmerdame auf. »Im Prinzip läßt sie uns gewöhnlich Sterbliche bereitwillig und unentgeltlich an ihrem Wissen teilhaben. Ihre Begabung ist ein Geschenk Gottes, sie versteht sich nur als Instrument, das zwischen oben und unten vermittelt ... Andererseits nimmt es sie spirituell immer so mit, daß sie lange Erholungsphasen braucht ... und sie hat natürlich auch ihre Spesen ...«

Die langwierigen Erklärungen wären nicht nötig gewesen. Schöberl öffnete seine Brieftasche und bezahlte, ohne mit der Wimper zu zucken. Während er beschwingten Schrittes ins Büro zurückeilte, arbeiteten seine grauen Zellen auf Hochtouren. Madame Zolara hatte ihn aus der Sackgasse herausgeführt. Mit einem Mal taten sich eine ganze Reihe bisher vernachlässigter ermittlerischer Möglichkeiten vor ihm auf. Es fiel ihm wie Schuppen von den Augen. Das Fenster in Frau Krögers Büro war offen gewesen – die Mörderin mußte sich vom Dach abgeseilt haben. Rasch ergänzte er das Täterprofil. Die Betreffende mußte schwindelfrei, gelenkig, unerschrocken und sportlich sein. Mit Sicherheit war sie kaltblütig und reaktionsschnell, sonst hätte sie nicht mit einem Griff das breiteste Messer erwischt und das überrumpelte Opfer blitzschnell und hinterrücks erstochen.

Schöberl war sich sicher, daß es von nun an nur noch ein Kinderspiel war, die Täterin zu finden. Er hatte sich bei seinen Ermittlungen viel zu sehr auf die Haubenköche konzentriert. War da im Umfeld der Kröger nicht noch von einer anderen Auszeichnung die Rede gewesen?

Als er am nächsten Morgen im Büro bestens gelaunt

den Radetzky-Marsch vor sich hinpfiff, trug ihm das reih-
um böse Blicke seiner Kollegen ein. Davon unbeirrt wähl-
te der Inspektor die Nummer der Redaktion von *La Table
Ronde* und ließ sich mit Frau Krögers Sekretärin verbin-
den.

Ungeduldig trommelte er mit den Fingern auf den
Tisch, bis er sie endlich am Apparat hatte. Nach den üblichen Höflichkeitsfloskeln bat er sie um die Erklärung,
was es mit dieser anderen Auszeichnung auf sich hatte.

Frau Hofer sog hörbar die Luft ein. »Sprechen Sie von
der *Trophée Gourmet*?« Ein paarmal mußte er dazwi-
schenfragen und sie von nebensächlichen Ausschweifun-
gen zurückholen. Im Anschluß an das Gespräch faßte er
seine Notizen zusammen. Aus Anni Hofers Aussage kri-
stallisierten sich drei Anhaltspunkte heraus. Punkt 1:
Noch am heutigen Abend würde das Konkurrenzblatt
*Feinspitz* im Rahmen einer festlichen Gala im Palais Palla-
vicini eine Reihe von Köchen mit der neuen Auszeichnung
namens *Tropheé Gourmet* in den Kochadel erheben. Punkt
2: Dem Verlagschef der *Table Ronde* war es gelungen, die
Erfinderin der neuen Auszeichnung vom *Feinspitz* abzu-
werben. Punkt 3: Die Betreffende würde bereits im Herbst
bei *La Table Ronde* als Chefredakteurin anfangen.

Der Personalchef, dem sein nächster Anruf galt, bestätigte, was ihm die Sekretärin bereits gesagt hatte. Der Inspektor fragte nach dem Geburtsdatum der Chefredakteurin in spe.

»Frau Eva-Maria Homolka ist am 14. September geboren«, kam die Antwort wie aus der Pistole geschossen.

Schöberl war überrascht. »Sie wissen das Datum auswendig?«

»Unser neuer Verlagsleiter hat einen Astro-Fimmel und wollte, daß wir sie astrologisch durchchecken lassen, bevor wir sie einstellen ... Aus Zeitmangel bin ich allerdings noch nicht dazu gekommen«, erklärte der Personalchef.

Schöberl war wie elektrisiert. Sofort scheuchte er seine Mitarbeiter auf. Nun mußte alles sehr schnell gehen.

Trotzdem war es bereits kurz vor zehn, als Schöberl mit hängender Zunge am Josephsplatz eintraf. Die feierliche Zeremonie, der ein Gala-Diner vorangegangen war, war schon zu Ende. Einige Gäste kamen ihm auf der barocken Treppe entgegen, der festlich geschmückte Saal hatte sich – bis auf einige wenige kleine Grüppchen – geleert, und die Kellner waren bereits dabei, die Tische abzuräumen.

Obwohl er sie nicht kannte, brauchte er Frau Homolka nicht lange zu suchen. Beladen mit Blumenbouquets stand sie inmitten einer kleinen Runde nahe des Rednerpults und nahm selig lächelnd – und offensichtlich geschmeichelt – Wangenküßchen und Gratulationen entgegen. In dem anthrazitfarbenen, hochgeschlossenen Abendkleid, die langen blonden Haare streng geknotet, mit einer dunklen Hornbrille als einzigem modischen Accessoire, wirkte sie kühl und kontrolliert, auch wenn sie im Augenblick in Hochstimmung sein mußte.

Schöberl war kein Unmensch, und so wartete er, bis sich die Runde lichtete. Inzwischen hatte sie den Inspektor bemerkt und taxierte ihn des öfteren mit abschätzenden Blicken. Als sie wieder zu ihm hinsah, trat er näher, nannte seinen Namen und bat, sie ungestört sprechen zu dürfen.

»Moment noch«, sagte sie leicht verärgert, drehte Schöberl kurz den Rücken zu und drückte dem Mann, der die ganze Zeit neben ihr ausgeharrt hatte, die Blumen in die Hand. »Schorschi, hol schon den Wagen, ich komm gleich!«

Endlich schenkte sie Schöberl ihre Aufmerksamkeit. »Wer sind Sie? Was wollen Sie von mir? Sie sehen ja, was los ist, ich hab jetzt keine Zeit«, fuhr sie ihn unwirsch an.

»Mit Verlaub, Gnädigste, ich fürchte, bald werden Sie mehr Zeit haben, als Ihnen lieb ist. Ich bin mit den Ermittlungen im Mordfall Kröger befaßt und muß Sie bitten mitzukommen!« Für einen Augenblick schwankte sie, als würde ihr der Boden entzogen, dann hatte sie sich wieder unter Kontrolle und folgte dem Inspektor, als hätte er sie zu einem Spaziergang eingeladen.

Im Büro angelangt, fackelte Schöberl nicht lange, sondern sagte ihr die Tat auf den Kopf zu. Inzwischen war das Fenster auf seine Veranlassung hin noch einmal gründlich untersucht worden. Dabei hatte man ein langes blondes Haar als Beweismittel sicherstellen können. Die Genanalyse stand zwar noch aus, aber Schöberl hielt ohnehin nicht viel von Kommissar Computer. Für ihn gab es keinen Zweifel, daß er die Mörderin vor sich hatte. Mit seiner altbewährten Verhörmethode würde er sie schon knacken.

Er ließ sie stundenlang im Vernehmungszimmer schmoren, verweigerte ihr Kaffee und Zigaretten, und richtete schließlich gnadenlos eine 100-Watt-Lampe auf ihr Gesicht. Dahinter, im Schatten, beobachteten er und sein Assistent hochkonzentriert jede Nuance ihres Mienenspiels – bereit, sofort und mit der Sensibilität eines Seismographen auf die kaum wahrnehmbaren Anzeichen von Schuldbewußtsein, einem Beben der Stimme, einem Heben der Brauen, einem Zittern der Finger, zu reagieren.

Sie war eine harte Nuß. Ihre Widerborstigkeit irritierte den Inspektor, aber er ließ nicht locker und wartete geduldig. Der Morgen dämmerte schon, als Eva-Maria Homolka schließlich, zermürbt vom stundenlangen Verhör, zusammenbrach und mit rauher Stimme gestand, daß sie ihre Erzfeindin und verhaßte Konkurrentin aus dem Weg geräumt hatte.

Schöberl lehnte sich zufrieden zurück, ließ Kaffee bringen und offerierte ihr eine Zigarette. Sie nahm einen Lungenzug, als befürchtete sie, es könnte der letzte sein.

»Ganz schön riskant durchs Fenster hereinzuklettern. Hatten Sie keine Angst abzustürzen?« wollte er von ihr wissen.

Sie schüttelte den Kopf. »Die Abseilaktion war ein Klacks für mich, ich bin schon seit Jahren Mitglied im Alpenverein. Und für den unwahrscheinlichen Fall, daß ich abgestürzt wäre, hatte ich mir ja unten die Matratze hingelegt«, verriet sie nicht ohne Stolz.

Mehr als das *Wie* interessierte den Inspektor jedoch das *Warum*. »Wieso haben Sie Frau Kröger umgebracht? Sie müssen für diese unmenschliche Bluttat doch einen Grund gehabt haben.«

Es war ihr anzumerken, daß sie sich über Schöberls

Wortwahl ärgerte. »So einen schönen Tod hat diese Kanaille gar nicht verdient ... kurz und schmerzlos ... Sie hat es nicht einmal mitgekriegt, so schnell ging es ...«

»Und das Motiv?« wiederholte Schöberl.

Die Homolka schnaubte verächtlich. »Sie war das boshafteste, mißgünstigste, besserwisserischste Individuum, das man sich denken kann. Was glauben Sie, wie vielen erstklassigen Restaurants dieses Miststück die Haube verweigert hat? Ein Koch hat sich ihretwegen sogar umgebracht ... Das konnte man nicht länger hinnehmen ... Also habe ich mir die *Trophée Gourmet* ausgedacht, um das elitäre Monopol der Kröger ein für allemal zu zerschlagen!«

»Wußte Frau Kröger davon?« unterbrach der Inspektor sie.

»Ich habe natürlich alle beschworen, absolutes Stillschweigen zu bewahren, damit sie mir nicht dazwischenfunkt. Aber die Branche ist ein Tratschnest!«

»Und, hat sie dazwischengefunkt?«

»Das kann man wohl sagen. Von ihrer redseligen Sekretärin habe ich erfahren, daß sie noch am selben Tag Hunderte von Briefen verschickt hat mit der Aufforderung, die Verleihung zu boykottieren. Aber sie hat sich verrechnet. Die Branche ist voll auf die *Trophée* abgefahren, Sie haben ja selbst gesehen, was heute abend los war!« Sie machte eine Pause, um sich eine Zigarette anzuzünden. In Gedanken schien sie ihren Triumph noch einmal richtig auszukosten. Der Inspektor ließ ihr Zeit.

»Irgendwie hat auch der neue Verlagsleiter der *Table Ronde* davon gehört, jedenfalls hat er mich zu einem Ge-

spräch eingeladen und mir kurz darauf die Chefredaktion
angeboten.« Ein Lächeln huschte über ihr angespanntes
Gesicht. »Sie werden das nicht verstehen, das ist ... wie ein
Ritterschlag von der Queen! Aber meine größte Genugtu-
ung war, der Kröger den Chefsessel vor der Nase wegzu-
schnappen!«

»Sie haben Sie doch an allen Fronten geschlagen, warum
mußten Sie sie dann noch umbringen?« fragte Schöberl
und runzelte die Stirn.

»Obwohl meine Nominierung noch nicht offiziell war,
muß sie geahnt haben, daß was im Busch ist ... Sie hat mich
angerufen und massiv bedroht!«

»Ach ja? Womit denn?«

Die Homolka gab keine Antwort, sondern bat um ein
Glas Wasser. Schöberl holte es ihr selbst. Er war froh über
die Pause und die Gelegenheit, sich kurz die Füße zu vertreten. Sein Assistent gähnte und streckte sich ausgiebig.
Nur die Homolka zeigte jetzt keinerlei Ermüdungser-
scheinungen mehr.

Schöberl setzte sich wieder. »Frau Kröger hat Sie also
bedroht ... Was hatte sie denn gegen Sie in der Hand?«

»Dieses Luder wollte verbreiten, daß ich mich für
wohlwollende Kritiken kaufen lasse ... Wenn das die Runde gemacht hätte, wäre mein Ruf dahin gewesen ... Dabei
hab ich nie Geld genommen ... Ich hab mich lediglich einige Male mit ein paar Freunden zum Essen einladen lassen.
Auch wenn es Ihnen läppisch vorkommt, in unserem Metier ist das ruinös. So knapp vorm Ziel abzustürzen ... Ich
mußte sie stoppen.«

»Aber es war doch nur eine Drohung, woher wollten Sie denn wissen ...«

»Man hat so seine Tricks«, sagte sie mit einem hämischen Grinsen. »Die dumme Plaudertasche von ihrer Sekretärin hat mir nach ein paar Schnäpsen den Schlachtplan bis ins kleinste Detail verraten. Ihre Chefin hat ihr Punkt für Punkt die ganze Liste meiner Verfehlungen diktiert, mit der Absicht, sie am Montag dem Verlagsleiter vorzulegen ... Mir ist nichts anderes übriggeblieben, als ihr zuvorzukommen ...« An dieser Stelle bebten ihre Schultern, und sie begann hemmungslos zu heulen.

Schöberl schaltete das Aufnahmegerät aus. Die Ermittlung war abgeschlossen.

Im Büro herrschte Hochstimmung über die gute Nachricht. Schöberls Chef war voll des Lobes, als er ihm das unterzeichnete Geständnis vorlegte. »Ehrlich gesagt, wie nichts weitergegangen ist, wollt ich Ihnen den Fall schon entziehen. Tja, ich hätt Sie fast unterschätzt ... Gratuliere, tolle Leistung! Sie können selbstverständlich damit rechnen, daß ich Ihre Beförderung befürworte. Ganz unter uns, wie haben Sie den Fall so rasch klären können?«

Schöberl polierte seine Brille und meinte kryptisch: »Die Sterne helfen denen, die an sie glauben.«

\*

Als Schöberl endlich mit dem Papierkram fertig war und nach Hause gehen konnte, war es bereits Mittag. Es roch nach Räucherstäbchen, als er die Tür zu seiner Wohnung aufschloß. Messerscharf schloß er daraus, daß seiner Frau das Gulasch angebrannt war. Durch seinen Erfolg milde gestimmt, überging der Inspektor das kulinarische Fiasko und aß seine Portion tapfer auf. Seine Frau hatte etwas gut – ohne ihren Hinweis auf die Astrologin wäre der Fall nicht so rasch vorangekommen.

Frau Schöberl war angenehm überrascht, daß ihr Mann kommentarlos seinen Teller leerte. Sonst meckerte er andauernd über ihre Kochkünste. Sie zog jedenfalls den richtigen Schluß aus seinem Verhalten. »Du hast den Fall gelöst, hab ich recht? Na bravo, jetzt wirst du sicher befördert.«

Schöberl hob erstaunt die Augenbrauen. »Bist du jetzt auch schon unter die Hellseher gegangen? Woher weißt du ...?«

Ein überlegenes Lächeln breitete sich auf ihren Lippen aus. »Die Sterne lügen nicht. Da steht's schwarz auf weiß«, sagte sie und reichte ihm die Zeitung.

Schöberl schob sich die Lesebrille auf die Nase und las. »Der negative Saturneinfluß, der Ihnen zuletzt zu schaffen machte, wird von einem positiven Merkuraspekt abgelöst. Merkur hilft Ihnen, ein Geheimnis zu enthüllen, und begünstigt Ihr berufliches Fortkommen.«

»Meinst du nicht, daß das gefeiert gehört?« Ohne seine Zustimmung abzuwarten, holte Frau Schöberl den Sekt, den sie bereits eingekühlt hatte.

Als sie mit den Gläsern anstießen, schwor der Inspektor insgeheim, sich künftig beim Spötteln über den Astro-Fimmel seiner Gattin zurückzuhalten. Angesichts der Erkenntnis, daß das Verbrechen niemals schlief, und ihm noch zwei lange Jahre bis zur Pensionierung fehlten, stand er gleich nach dem Sekt auf und kramte sein Notizbuch hervor, um Madame Zolaras Telefonnummer mit Tinte einzutragen. Für alle Fälle ...

# Carl Wille *Kreuzstich*

1

Nein, dachte Tim – Timotheus – Topolovitsch, es gibt wenig, was angenehmer wäre.

Die linke Hand mit einem Seidenschal, die rechte mit einer Handschelle ans Bettgestell gefesselt, lag der Privatdetektiv auf dem Rücken und starrte erschöpft, aber angenehm satt an die Wand seines Zimmers.

Drei Stunden, das ging in Ordnung.

Die Professionelle, Mascha aus Polen, hatte sich erhoben und lief hinüber zum Bad. Während sie sich bewegte, als bekäme sie Muskelkater, und ihren Kunden keines Blickes würdigte, hob Topolovitsch den Kopf und musterte die Regionen jenseits seines Nabels. Ein schwarzes Präservativ, naja, sonst gab's da wenig zu sehen.

Hat immer Tusche auf'm Füller, der Tim, dachte Topolovitsch. Jetzt schien Ebbe angesagt.

Immerhin: drei Stunden, das ging in Ordnung.

Erst als die Dame die Klotür schloß, ohne ihrem gefesselten Freier wenigstens zugelächelt zu haben, wurde der Detektiv nervös. Und als sie zurückkam, angekleidet, das Geld auf dem Nachttisch an sich nahm und schweigend ein Messer aus der Handtasche zog, begann Topolovitsch zu schwitzen.

Als sie an sein Bett trat, wollte er schreien, aber es kam nur ein heiseres Hecheln. Als sie den Seidenschal, nicht seine Kehle, mit einem knappen Schnitt durchtrennte, stockte dem Ermittler der Atem. Als sie sich abwandte, um zu gehen, verschluckte sich Topolovitsch, so hastig hatte er sagen wollen: und meine rechte?

Die mit der Fessel?

In sein Husten hinein sang Mascha, das polnische Wunder auf endlosen Beinen: »Der Schlüssel, mein Rüssel! Bis wieder mal, nächstens …« und warf einen Gegenstand aus Metall aufs Bett des Privatdetektivs.

Danach fragte sie ihn, ihren Timmi, unvermittelt, was für ein Sternzeichen er, ihr Rüsselchen, denn sei.

Und unwillkürlich murmelte der mattgesetzte Ermittler: »Jungfrau. Beschissen, oder?«

Hatte er in der Schule verschwiegen. Hätten ihn alle gehänselt deswegen.

Dann klappte die Tür. Und Tim Topolovitsch mußte sich recken, bevor er den Schlüsselanhänger (ein Affe blind, ein Affe taub, ein dritter, ohne Arme, onaniert mit beiden Füßen und verklärtem Augenaufschlag) mit der Zehe angeln konnte. Hilf dir selbst! stand auf dem Schlüssel. Topolovitsch befreite sich von seinem Bettgestell.

Er setzte sich auf und massierte sein Handgelenk. Warf einen Schuh nach der Tür, einen zweiten. Brüllte, ohne Überzeugung: »Scheiß-Hure! Verfickte!« Wußte, er würde in spätestens – spätestens! – zehn oder vierzehn Tagen wieder ihre Nummer wählen. Ließ sich zurück in die Laken fallen. Starrte erneut an die Wand.

Glück und Glas und Jungfernschaft,
Merk dir diese drei,

Stößt du dran mit Jugendkraft,
Brechen sie entzwei.

Tim Topolovitsch hätte nicht sagen können, warum ihm
gerade jetzt einer der Merksätze seines Großvaters einfiel,
der seinerzeit Frauenarzt am Hermannplatz gewesen war.
Mißmutig rieb er das malträtierte Handgelenk, ließ die
Handschellen aus rostfreiem Stahl unter der Matratze verschwinden, drehte sich um und schlief ein.


2

Zwölf Stunden später wurde er vom gewöhnlichen Krach
des Berliner Mietshauses geweckt. Es war früher Nachmittag, halb drei, und Tim Topolovitsch mußte nicht aufste-
hen, um die verschiedenen Geräusche dem Geschehen auf
der Straße oder in den Wohnungen zuordnen zu können.

Zwei Mieter des maroden Vorderhauses kamen von der
Arbeit heim, Fischverkäufer der eine, Friedhofsgärtner der
andere. Frau Kaschubitz, die mit ihrem leicht debilen Sohn
Pokki – so wisperten es die Wände des Hauses, und jeder
seiner Bewohner nahm das Wispern dankbar auf – nach
wie vor im Doppelbett des längst verstorbenen Schreiners
und Dachdeckers Kaschubitz schlief, haute ihrem Sohn
eine runter und brüllte: »Wie oft noch? Wie oft hab ich
dich denn das jesacht?«

Tragisch für Pokki, dachte Topolovitsch, und dann diese Sprache! – untersuchte sein Handgelenk und zog sich
ein Kopfkissen über die Ohren. Gleich würde die Fortset-

zung folgen, sie folgte an jedem Tag der Woche. Und schon ging's los! Kein Ausbrechen aus dem einmal aufgeschlagenen Drehbuch: »Mach dich vom Acker, Miststück! Hau doch ab! Ich hab mein Meerschwein. Ich hab mein' Kanarienvogel. Ich hab mein' Farbfernseher. Langeweile kenn ich nich', kann ich gar nich' kenn'n!«

Da half kein Kissen, keine Decke. Und nun würde der dritte Akt unweigerlich den leisen, doch furiosen Showdown bilden. Aha! Again! Schluchzen und Flüstern. Jetzt saß der Pokki bei der Mama auf deren weitem, weichem Schoß. Und groß wie Greifer vorn am Bagger umfaßten stramme Arme einen verlorenen Sohn.

Den Trost konnte der Detektiv, vergraben unterm Kopfkissen, trotz dünner Dielenböden nicht mehr verstehen, obwohl er die kaschubitzsche Litanei Silbe für Silbe nachzubeten imstande war. Im Stande. Topolovitsch linste unter die Bettdecke, nach seinem besten Stück. Da herrschte Rückzug, totaler.

Die Tröstung des Pokki nahm ihren Lauf. Beneidenswert, dachte Topolovitsch, während er sich nach einer Weile – das Flüstern nahm kein Ende mehr – schwerfällig aufsetzte und die Kaffeemaschine per selbstgebauter Fernbedienung vom Bett aus anspringen ließ.

Draußen auf dem Hermannplatz wurden die letzten Marktstände auf Lkw-Hänger verladen. Vor dem McDonalds bezogen die Kleindealer unruhig ihre Position, um Kunden wie Zivilfahnder im Auge zu behalten.

»Jedes Töpfchen hat sein' Deckel. Alles wie immer«, murmelte Topolovitsch, kratzte sich zwischen den Beinen und schielte übellaunig in die Diele, wo das grüne Lämpchen des Anrufbeantworters statt zu blinken unbewegt das Telefon verzierte.

Während er versuchte, eine Entscheidung zu fällen (Kaffee oder Whisky? Müsli oder Ei im Glas?), spielte er mit dem Gedanken, die Ansage seines Anrufbeantworters – »Hier spricht die Detektei Topolovitsch! Hinterlassen Sie eine Nachricht oder senden Sie ein Fax!« – abzuspielen und sich von der Entschiedenheit der eigenen Stimme trösten zu lassen. Er fragte sich, warum Mascha, die Polin (die garantiert keine Polin war), ausgerechnet ihm Rabatt gab (die Aura des Ermittlers? ein Faible für ältere Männer?), als es klingelte und sich im Treppenhaus jemand räusperte.

Topolovitsch ließ die letzten Spuren der Nacht unterm Federbett verschwinden, hechtete in seine Hose – 501, nichts formt derart straffe Backen – und schlich zur Wohnungstür. Bevor er durch den Spion schmulen konnte, knurrte der Mann auf dem Treppenabsatz: »Mach auf, Kanaille, ich bin's! Weder dein Gerichtsvollzieher noch die Sitte, Stecher!«

Topolovitsch zuckte zusammen, versuchte sich zu erinnern, ob er gängige Paragraphen verletzt oder vergessen hatte. Beides war nicht ausgeschlossen. Trotzdem schien ihm manches an der Haltung des Mannes, den er durch den Spion erkennen konnte, auf eine entspannte Situation hinzuweisen – jedenfalls, soweit es ihn, Privatdetektiv Tim Topolovitsch, betraf.

Als er die Tür öffnete, konnte er gerade noch erkennen, wie zwei Polizisten den gefesselten und fassungslos bleichen Pokki die Treppe hinunterführten. Beim Anblick der Handschellen zuckte Topolovitsch unwillkürlich zusammen.

»Is' was?« fragte Hauptkommissar Seibt, der lässig im Türrahmen lehnte, und, ehe Topolovitsch sich wieder berappeln konnte, hinzufügte: »Mann, Junge! Nachbarn hast du, die sind ehrlich ... also ehrlich ...!« Kopfschütteln. Das Ende des Satzes verlor sich im Nirwana der Neuköllner Mietskaserne.

Und dann sagte Seibt noch, schroff, aber herzlich: »Ich seh dich nachher bei mir im Büro. Zeugenvernehmung! Aber komm erstmal zu dir.«

Klack-klack machten die beschlagenen Schuhe des Kommissars. Seltsamer Grimm in der Stimme des Bullen, dachte Topolovitsch erleichtert und schloß geräuschvoll die Tür.


3

Polizeihauptkommissar Seibt war ein korpulenter Mann, dem die wenigen Haare wirr ins Gesicht hingen.

Gemeinsam mit Tim Topolovitsch (»Nenn mich nicht Timotheus, sonst setzt's heiße Bäckchen, Arschloch!«) hatte er die Grundschule in Berlin-Neukölln besucht. Er hatte, zusammen mit dem Freund, die ersten türkischen und arabischen Mitschüler vermöbelt. Tim hatte dem dikken Seibt bei jeder Klassenarbeit geholfen. Gemeinsam waren sie durch Pakistan und Indien getrampt und hatten sich in Bangkok nach einem Koma-Besäufnis getrennt.

Drei Jahre war Topolovitsch in Thailand geblieben, während Seibt seine Laufbahn bei der Polizei begonnen hatte.

»Lange Nacht?« fragte der Kommissar und schien in Gedanken die Größe der Augenringe des früheren Freundes zu vermessen. Das Ergebnis der Untersuchung entlockte dem Polizisten ein beifälliges Nicken.

»Naja«, nuschelte der Detektiv und spürte beim Anblick der Handschellen an Seibts Koppel, das an der Garderobe hing, erneut ein leichtes Frösteln.

»Kaffee?«

Schon wieselte der Hauptkommissar überraschend flink hinüber zu seiner Espressomaschine, einziger persönlicher Gegenstand in dem Büro, eher Kabuff, und ganzer Stolz des Besitzers.

»Von meiner Tochter«, murmelte Seibt. Sechzehnmal hatte der Kommissar diesen Umstand bislang gegenüber Tim Topolovitsch erwähnt. Sechzehnmal schwang in den drei Worten der Abgrund Seibtscher Familiengeschichte samt Trennung, Trauer und Scheidung mit.

»Kaffee!« sagte der Detektiv. »Kaffee, von dir – immer!«

Und während Seibt das Zeremoniell (»Espresso ist etwas Heikles, du weißt!«) liebevoll, beinahe zärtlich begann (»Es ist etwas Besonderes, das solltest du schon wissen!«), schaute sich Topolovitsch zum wiederholten Mal im Büro, im Verschlag, des – trotz oder wegen – seiner Nachlässigkeit so erfolgreichen Neuköllner Polizisten um.

Schienen die übrigen Kollegen und Kolleginnen viel

Wert darauf zu legen, bei der nächsten Bundesgartenschau mit einer Sonder-Rabatte »Bullenbüros in Großstadtrevieren« zu brillieren, so hätte sich jede Pflanze, die es in Seibts Kabuff verschlagen hätte, nach zwei Tagen danach gesehnt, mit einem Kaktus in der mexikanischen Wüste zu tauschen.

So war er, Seibt, und seine Möbel hatten sich ihm im Lauf der Jahre angeglichen: Alles im Dienste der, längst verlorenen, Sache – *form follows function*: Topolovitsch sah den Kunstlehrer vor sich, der Dias von kahlen Stahlbetonbauten durch den Projektor wandern ließ, und dachte, ein Blitz im gedunsenen Schädel: O Mann, mein alter Seibt ist der letzte authentische Vertreter des Kahlschlaggedankens und der entsprechenden Innenarchitektur.

Seibt kredenzte den Kaffee.

Topolovitsch trank.

Während er sich die Zunge verbrannte, schien der Kommissar vom beinahe kochenden Milchschaum mit Schoko- und Zimtaroma berauscht.

»Dein Pokki«, sagte er übergangslos, »hat eine siebzehnjährige Libanesin zerlegt. Sauber. Wie ein Schlachter. Oder wie ein Chirurg.«

Als Topolovitsch der Kaffeepott aus der Hand glitt, ergänzte Seibt: »Davor hat er sie wohl vergewaltigen wollen.«

Die Tasse zerbrach auf dem blauen Linoleumboden.

»Was heißt«, fragte Topolovitsch, »*wohl*?«

Er dachte erneut an den Spruch seines Großvaters, des

Frauenarztes: *Glück und Glas und Jungfernschaft, merk
dir diese drei, stößt du dran mit …*

»Noch unklar«, nuschelte Seibt, musterte das Malheur
am Boden und fügte unvermittelt hinzu: »Du hast diesen
Pokki – gemocht?«

Die beiden Männer bückten sich und wischten mit Zeitungspapier in der Kaffeeschaum-Lache. *NATO trifft und
entschuldigt sich bei den toten Zivilisten.* Bis Topolovitsch
sich aufrichtete und nachdenklich sagte: »Mögen ist vielleicht falsch.«

Und nach einer Weile: »Aber in dem Abschaum, durch
den wir täglich waten, ist er so was wie ein … unbefleckte
Geist.«

Verwundert schaute der Kommissar den früheren
Schulkameraden an. Dann erwiderte er leise: »Und jetzt
hat dein Freund ein Mädchen, das auch nicht gerade … be-
fleckt war, mit einer Black&Decker-Heimwerker-Säge
zerlegt.«

Das eben, dachte Topolovitsch, das eben glaube ich
nicht.


4

Als der Detektiv zurück in das Mietshaus am Hermannplatz kam, wartete Pokkis Mutter bereits vor der Wohnungstür.

Was brauch ich? – dachte Topolovitsch. Geld!

Was krieg ich? – den Sturzbach kaschubitzscher Tränen.
Dagegen, oh my darling, hatte es Noah leicht.

Kaum hatte Topolovitsch die einstige Trösterin des nun verlorenen Sohnes in seine Wohnung gebeten (gut, daß sie nicht die Handschellen unter meiner Matratze sieht), brach es aus ihr heraus.

»Sie sind doch Detektiv?«

Er nickte.

(Wie oft hatte sie schäbig gelächelt!)

»Sie klären doch … Fälle?«

Er nickte. Und nickte.

(Pokki im Knast? – Nie wieder Dramen!)

»Mein Sohn ist un-schul-dig!«

Ihr Tremolo ließ bei Tim Topolovitsch beidseitig das Ohrenschmalz bröckeln.

»Holen Sie ihn mir wieder! Geben Sie ihn mir zurü-üü-üüück!«

Dann sank sie auf dem Bett zusammen. Deutlich hörte der Detektiv, wie die Handschellen an den Sprungfedern scharrten. Frau Kaschubitz hörte nichts. Zu raumfüllend war ihr Schluchzen.

Nachdem sie eine Weile ihr Schicksal verflucht, sich ausgiebig bemitleidet und dem alten Kaschubitz, dem Dachdecker, die Krätze an den Hals gewünscht hatte, ging ihr Weinen in Gewimmer über, und Topolovitsch, der Mann fürs Aparte, stellte die zwei entscheidenden Fragen: »Wessen, Frau Kaschubitz, wird Ihr Sohn verdächtigt? In welcher Höhe bewegt sich Ihre Honorar…«

Das Wort »Vorstellung« hatte der Ermittler nicht mehr artikulieren können. Die Tränen verdampften. Schneller konnte kein durchgebrannter Kernreaktor den Kühlwasser-Kreislauf verkochen.

Witwe Kaschubitz, im Zorn nicht Weib, eher Walküre, schoß von der Matratze hoch und spuckte, vermischt mit flockigem Speichel, Topolovitsch die Worte ins Gesicht: »Jetzt denken Sie an Geld? Jungchen, ich will mal ...«

Und Tim Topolovitsch murmelte: »Erstma', vielleicht, zur ersten, der prioren Frage?«

Schlagartig hatte die Nachbarin ihre Gesichtszüge geordnet und zischte: »Quatschen Sie bloß nich' so geschwoll'n! Macht mich kein Eindruck!«

Dacht ich's mir, dachte Topolovitsch.

»Die meinen, mein Pokki sei ein Vergewaltiger – und denn noch'n Mörder!«

Empörung kennt eine Menge Nuancen. Diese nun wollte zum Ausdruck bringen: »Mein Sohn ist treu. Und Schlampen kommen dem nich' in sein Bett!«

Klar, dachte Topolovitsch, is' ja auch schon von der Mama belegt. Und dann dachte er noch: Leute gibt's, und wußte nachher nicht mehr zu sagen, warum er eingewilligt hatte, den Auftrag anzunehmen.

Vielleicht wegen des Postsparbuchs, das Rächerin Kaschubitz ihm unter die Nase gehalten hatte? (»Ein Leben lang gespart. Macht 90.000 Mücken!«) Vielleicht nur, weil er Pokki vor sich in der Hasenheide sah: auf einem dreirädrigen Fahrrad, für größere Kinder, sozusagen, wie er den Berg herunterrollte und in die Brennesseln fiel.

Tja, Pokki: Brennesseln, Kumpel, da sitzt du jetzt drin, aber satt.

Der Detektiv hatte akzeptiert. Die Bezahlung war verschoben, der Vorschuß kühn gestrichen worden. Kaschubitz, die Scharteke, war nach einem zweifelnden Blick den Treppenabsatz hinaufgestiegen. Nun hörte Topolovitsch sie in ihrer Wohnung rumoren.

Und mit einem Mal fiel ihm auf, daß er das Drehbuch vermißte, das tägliche Hörspiel, zwei Personen mit wohlfeilen Dialogen zur Unterhaltung aller Mieter, die gerade anwesend waren.

Gut, dachte Topolovitsch, Mord und versuchte Notzucht. Ergibt, nach Adam Riese, klinische Pathologie.

5

Der Raum an sich war sehenswert: Kacheln wie im Gruselfilm. Neonröhren, die haßerfüllt sirrten. Einweckgläser, luftdicht verschlossen. Im Formalin schwammen Teile von Toten. Sammlung erlesenen Gewebes. Jedes für sich beteiligt an der Überführung eines exquisiten Mörders im Großraum Berlin.

Sehenswerter noch war die Person, die all die Knorpel- und Gallertreste akribisch gesammelt und ausgewertet hatte: Hans-Dieter Küs, ein Mann mit Mikroskoplinsen statt einer simplen Brille.

Auch ihm waren Seibt und Topolovitsch während gemeinsamer Schultage im Neuköllner Norden begegnet. Auch sie hatten Küs gehänselt, den Schüler, der sich bei jedem Völkerballspiel mindestens einen Finger verstauchte, weil er sich, obwohl annähernd blind, todesmutig dem Ball entgegenwarf und zu seinem Unglück nur jeden zweiten verfehlte.

Sie hatten Küs hochgenommen, hatten ihn zum Weinen gebracht (»Heul doch! Heul doch! Heulsuse! Heulsuse!«), bis zu jenem Tag, als Küs mit der Grazie eines Dirigenten im Biologieunterricht den unglaublich grünen Frosch aufschnitt, der Klasse das schlagende Herz vorführte und dem Lehrer, der das Tier in den Abfall werfen wollte, das Skalpell derart präzise vor den dicken Daumen setzte, daß das Schneiden des nikotingelben Nagels ungefähr zwei Wochen lang überflüssig war.

Küs flickte den Frosch kunstvoll zusammen und setzte ihn in der Hasenheide aus.

Seibt und Topolovitsch verhinderten, daß Hans-Dieter, der Nagel-Knipser, der Schule verwiesen wurde.

Topolovitsch betrat fröstelnd den Raum. Kadaver statt Amphibien, viel hatte sich nicht geändert.

»Hi«, sagte Hans-Dieter, »Seibt war schon hier.«

»Und?« fragte Topolovitsch.

»Meinte, er hätte's so im Urin, daß du auch bald auftauchen würdest.«

»Und?« fragte Topolovitsch.

»Bin strikt verpflichtet – Bulleneid – zu schweigen.«

Die Augen hinter den Linsen machten Topolovitsch schwindelig und blutleer in Magen und Kopf.

Sie saßen. Sie rauchten.

»Ein Blick?« Topolovitsch stand schon bei den Kühlfächern aus feuerverzinktem Stahl.

Hans-Dieter schüttelte den Kopf.

Die Augen schwammen hinter den Linsen, als trieben sie in trübem Gelee. Hering in Aspik, das gab's mal, dachte Topolovitsch, jeden Abend.

»Ein Tip?«

Erneut bewegten sich die endlos vergrößerten Pupillen wie Scherzartikel in einem bedauernden Gesicht.

Und erst als sich Topolovitsch – alles an ihm war Müdigkeit, Erschöpfung und Enttäuschung – abwenden wollte, um zu gehen, sagte Hans-Dieter, bester Mann sämtlicher Polizeipathologien zwischen Elbe und Oder: »Sie hat Geschlechtsverkehr gehabt. Aber, das ist das Seltsame, sie ist dennoch, naja ... Jungfrau.«

Ein Zögern. Ein Anflug glucksender Heiterkeit. »Also« – kleine Geste – »unten herum dicht.«


6

Als Topolovitsch drei Stunden später von Kommissar Seibt zurückkam, wußte er zweierlei:

1. Auf dem T-Shirt der Libanesin Fatma Topal fanden sich (Lady Lewinsky!) Spuren von Pokkis Sperma.

2. Sein Horoskop warnte Topolovitsch (irgendein furchtbarer Aszendent; dazu Mars und Pluto) vor riskanten Begegnungen und ungewohnten Kontakten.

Kontakten. Klingt wie Kontakthof.

Wo ich doch Jungfrau ...

Weitere zwei Stunden später saß Tim Topolovitsch mit der druckfrischen Ausgabe des *Terrier* (Boulevardblatt-Ei-

genwerbung: Schneller geschrieben als geschehen!) im Ham-
burger-Haus an der Mehringdamm-Kreuzung und knabber-
te gerade den zweiten McSushi, als er – verwirrt vom Horoskop: Gute Zeit für Amouren! (Kontakte?) Dazu ein zärt-
licher Aszendent, sowie Merkur und Venus! –, als er der
rot-umrandeten Titelseite die bildunterlegte Nachricht ent-
nahm, daß der irre Säge-Killer ein zweites Mal zerstückelt
habe, diesmal eine Türkin, und wieder in Neukölln.

Jungfrau, dachte Topolovitsch, schmiß mit dem McSushi nach einer Taube und hechtete in ein Taxi, dessen rasta-
lockiger Fahrer so bekifft war, daß der Wagen auf weißen
Wolken über den Asphalt schwebte.

»Zu'n Leichen! Zur Pathologie!«

Topolovitsch nahm sich vor, ruhig zu bleiben.

»Hobbys haben die Leute«, murmelte der Fahrer und
gab Gas. Hans-Dieter Küs, der – nachts noch eher als am
Tage – dem Frosch mit der Maske (Edgar Wallace!) und all
seinen Gevattern glich, nickte nur: »Hatte Geschlechtsverkehr. Und ist dennoch Jungfrau.«


7

Statt Schlaf zwei Röhrchen *Ephedrin*. Faßte man den Tag
mit Gesprächen, Recherchen und Ermittlungen, aber ohne
Schlaf zusammen, ergab sich folgendes Bild:

Ein Mann, der in Untersuchungshaft sitzt, kann, auch
wenn er Pokki heißt, keine zweite Frau zersägen. (Seibt:
»Aber vielleicht die erste.«) Dennoch fand sich auf Fatma
Topals T-Shirt Pokkis, man könnte sagen, Markierung:

eindeutige Hinterlassenschaft einer gewissen Verrichtung. (Küs: »Läßt du dich blasen, nimmst du kein' Präser.« – Die Küs'schen Pupillen funkelten hinter den manisch wirkenden Linsen.) Und schließlich waren die beiden toten Frauen in gewisser Hinsicht überraschend unversehrt. (Witwe Kaschubitz: »Mein Pokki is' eben, ich sach es ja imma, ein sauberer Junge, nich' wahr?«)

Kaum wurden die ersten Marktstände auf dem Hermannplatz vom Hänger geladen, saß Topolovitsch am Telefon und ließ es so lange klingeln, bis selbst Seibt, dessen Schlaf ebensogut gepolstert war wie sein Körper, aus dem Hörer knurrte: »Egal, wer es ist. Darauf steht – Belohnung! – finaler Todesschuß!«

Übergangslos verkündete Seibt, die Stimme wurde weich wie Schmelzkäse im Ofen, daß er seine liebe Frau (Seibt sagte tatsächlich: »liebe Frau«) habe animieren können (Seibt sagte tatsächlich: »animieren«), mit ihm in den Kurzurlaub zu fahren.

Es war, Tim Topolovitsch führte darüber Buch, innerhalb der letzten sechs Jahre – seitdem Seibt und seine Frau sich hatten zum zweiten Mal scheiden lassen –, das elfte Mal: Kurzurlaub hieß das magische Wort, das das Desaster nicht ahnen ließ, obwohl es unmittelbar bevorstand.

»Ich bin Beamter. Mein Resturlaub. Muß ich noch abmachen, tja.«

Topolovitsch hatte aufgelegt. Er spürte den fehlenden Schlaf wie zwei Laster, die ihm den Brustkorb breitgefahren und anschließend darauf gewendet hatten. Dennoch lag er im Bett und konnte die Augen nicht schließen. Ein

Ticken in seinem Schädel meinte, daß nur er, Topolovitsch, etwas daran würde ändern können, daß eine zweite Libanesin oder eine zweite Türkin oder mal eine Frau aus Algerien, Sri Lanka oder Bangladesh an einem der nächsten Vormittage im Müllcontainer irgendeines Schnuddel-mal-richtig-die-sauteure-Soße-Restaurants gefunden werden würde.

Inzwischen war es dunkel geworden. Rilke sang seine gemächlichen Lieder:

Unten macht sich aller Abend grauer

Ist das schon die Nacht, was da als lauer

Lappen sich um die Laternen hängt?

Topolovitschen erhob sich vom Bett und verließ die Wohnung.


8

Er ging langsam die Treppe hinunter, querte die Karl-Marx-Straße (so ein Name, der schmeckt auf der Zunge!) und fiel, die Nacht und den Stadtteil im Rücken, Richtung Jahn-Monument in die Hasenheide.

Hasenheide, das heißt am Tag: Mütter mit Kindern aus sämtlichen Ländern: »Laß lieber die Schuhe an, manchmal liegen im Buddelsand Spritzen!« Sowie Kampfhunde aller Sorten ... – Das heißt, während der Maientage: Hier schlägt, auf der Kirmes, das Herz der Klasse: mit und ohne Kopftuch, aber immer geschminkt ...

Und, boah ey!, da siehst du Goldkettchen, ich sag's dir: ohne Ende!

So die Diktion, während die verbliebenen Deutschen alkoholausgezehrt wie Marsmenschen durch die Gänge zwischen den Buden wanken, den Geisterbahnen und den Karussells.

Abends, und jetzt war es später Abend, heißt das: Entweder du bist Jogger und trägst außer Hosen und einem Trikot die super-sahne-leichten Laufschuhe aus Luft, oder du solltest dich vorsehen, weil du rasch in eine Situation geraten kannst.

*Das geht sowas von easy und schnell!* Und das geschah Topolovitsch.

Tim Topolovitsch, in Gedanken noch bei Pokki und den Horoskopen, schlich vorbei an den Minigolfbahnen, pirschte vorbei am Gehege der zahmen Hirsche, Ziegen und Rehe, schlenderte seine Runden durch den nächtlichen Park.

»Hey«, sagte der erste Mann, ein Türke.

»Hey«, sagte der zweite Mann, Araber.

»Hey«, sagte der dritte Mann, das Gesicht bleich im bleichen Licht der Laterne.

Irgendwo stand ein vierter Mann, aber den sah man nicht, weil seine Haut von gleicher Färbung wie die Nacht war, und nur seine Augen bewegten sich und waren helle Punkte.

»Du«, sagte der erste zu Topolovitsch.

»Gibst uns«, ergänzte der zweite und zückte das obligate Schmetterlingsmesser mit zahllosen Klingen, um es dem denkenden Detektiv – schlopp – an die Kehle zu setzen.

Der dritte: »Deine Euroscheckkarte, mein Freund.«

»Dann gehn wir«, Erläuterung des ersten, »zum Bankautomaten, während du wartest, und prüfen, ob die Preisgabe deiner Pin-Nummer fehlerfrei war.«

»Und heben«, hub nun wieder der dritte an – der zweite spielte derweil ein wenig mit seinem Messer, den singenden Klingen –, »und heben – du verstehst uns doch? – alles bis zum Anschlag von deinem Konto ab.«

Die Ziegen rochen. Die Rehe ästen. Die zahmen Hirsche wirkten wie Dekorationen zur Vorweihnachtszeit.

»Ok«, sagte Topolovitsch.

Obwohl er – a) – weder ein Konto noch – b) – eine Geheimnummer hatte, noch – c) – auf dem imaginären Konto, die Karte wäre längst gesperrt, zu irgendeinem Zeitpunkt mehr als ein ausgereizter Dispo zu finden gewesen wäre.

Soweit die: Situation.

Nun stach Topolovitsch dem ersten, dem Türken, den Finger ins wenn auch geschlossene Auge.

Nun trat er dem Zweiten mit Schmackes die Hoden hoch bis zur Gallenblase.

Nun fuhr er dem Dritten in die Haare – kein Skinhead, ein Fehler – und packte ihn am Schädel und rammte ihn, die Schläfe voran, gegen den nächstem Baum.

Dem Zweiten entfiel das Messer.

Und der Rest gab auf.

Jungfrau, dachte Topolovitsch, Jungfrau ist ein Sternzeichen, das man unterschätzt.

Hübsch anzusehen war der Vierte, obwohl man wenig von ihm sah. Er stand, die Hände vorgereckt, und schien an einen Geist zu glauben. Voodoo vielleicht.

Zumindest fiel ihm aus den Händen: a) eine Säge, b) ein Beil und c) ein Kuhfuß. Kling-klang-klong landeten die Werkzeuge nah dem nächtlichen Gehege auf dem asphaltierten Weg.

»Danke«, sagte Topolovitsch, nahm nur die Säge an sich, roch durch den Maschendraht die Ziegen, lauschte dem friedlichen Äsen eines unbewegten Rehs.

Die Säge war eine Metallsäge und diente anderen Zwecken als dem Zerlegen von Mädchen und halbwüchsigen Frauen.

Er warf sie über den Maschendrahtzaun.

Die Hirsche hopsten erschrocken davon. »Stutzt euch die Hörner, Freunde.«

Topolovitsch winkte den äsenden Rehen zu.


9

Als der Detektiv seine leicht derangierte Kleidung wieder in Façon gebracht hatte und über die Multikulti-Scheckkarten-Gangster drübergestiegen und Richtung Ausgang gestiefelt war, ließ ihn das Sinken des Adrenalins atemlos werden und zittrig. Flieh nie zu Fuß. – Bankräuberdevise.

Läßt die Spannung erst nach, wirst du müde, wirst gleichgültig gegen alles, was weiter mit dir passiert.

Als Topolovitsch zu Hause ankam, den Schlüssel aus

der Tasche kramte, hörte er aus der Wohnung über ihm ein Geräusch.

Es kam einem regelmäßigen Sägen recht nahe, und Topolovitsch, der merkte, daß ihn die Paranoia gemächlich in die Zange nahm, sehnte sich zurück nach der Zeit, als aus der Wohnung über ihm nichts drang als Schimpfen und Tröstung und Jammern von Pokki, dem Kind. Der Detektiv pirschte sich an.

Der Detektiv fand die Tür offen.

Der Detektiv schlich in die Wohnung und sah im Sessel Witwe Kaschubitz, die Nase vom Staub der Straße verschlossen.

Den Mund weit offen schlief sie den sägenden Schlaf der Gerechten. Madonna, o madre mio!

Da stand der Detektiv und schaute dem wogenden Brustkorb und Busen der Witwe Kaschubitz zu.

Und las, was in der Morgenausgabe des aktuellen *Terrier* (»Faß ihn!«) zu lesen war: über eine dritte Leiche diesmal aus – wow! – Saudi-Arabien. Und reich war sie auch. Und gefunden hatte man sie im Müllcontainer der österreichischen Edelfreß-Stube am Marheinekeplatz.

Österreich und Arabien. Das, befand Topolovitsch, deutete auf Stil und politische Bildung.

Er ließ die wogende Dame Kaschubitz in ihrem Sessel weitersägen und hechtete einen Stock tiefer – gerade wollte das Klingeln des Telefons etwas kläglicher werden – in der eigenen Wohnung an den Hörer.

»Küs«, sagte Hans-Dieter, »schon gelesen? Klug, unser Seibt, mit dem Urlaub, nicht wahr?«

Und, ein Hauch Mutlosigkeit in der übernächtigten Stimme: »Aber, Top-Timmi, wir packen das, wir beide, oder?«

»Ja«, murmelte Topolovitsch.

Er fühlte sich alt wie die Welt.

Dann sagte Hans-Dieter Küs, der Staatsmacht schlaflosester Pathologe, etwas, das Tim Topolovitsch während der letzten Tage schon häufiger gehört hatte: »Welches Tierkreiszeichen, Timmi, bist du eigentlich?«

Vage begann es im Schädel zu dämmern, lichteten sich die ersten Nebel zwischen des Ermittlers Schläfen: Vor Dezennien hatten Küs und er gemeinsam Kindergeburtstag gefeiert.

Noch wollte das Gehirn den Gedanken nicht endgültig zu fassen bekommen, da schmeckte, da roch, da ahnte, da tastete die unfehlbare, weil wenig gelenkte Intuition die erste Prägung einer noch sehr rohen Idee.

»Der Körper der dritten«, sagte Hans-Dieter, »hat etwas aufbewahrt, eine Spur.«

Er schilderte dem Detektiv, der am Telefon mehrmals schlucken mußte, um sich nicht zu erbrechen, daß er in der Vagina des Unterleib-Fragments der Zersägten Garn gefunden habe.

»Garn ist nicht ganz richtig. Ich meine, den Rest eines Fadens. Wie ihn Chirurgen benutzen. Eines Fadens, verstehst du, der sich im Körper auflöst.«

»Wozu?«

»Rate.«

Die Stimme am Hörer war unerbittlich.

»Um, hm, das, hm, Hymen ... wieder zusammenzu-
flicken?«

Der Ermittler goß Wodka auf Essig und trank, gegen
das Würgen, einen kräftigen Zug.

»Genau.«

»Und diesmal hat er zu früh gesägt?«

»Oder unsere Österreicher ... die, bei denen sie gefunden wurde ... sind zu akribisch beim Müllsortieren ... gel-
be Tonne, grüne Tonne ... Biotonne, Tod.«

Topolovitsch hörte das leise Glucksen des Freundes.
Er meinte ihn vor sich sehen zu können, Hände in hell-
grünen Handschuhen, am Torso des saudischen Mädchens: die Augen, weite Pupillen, wie ein doppeltes
Mikroskop.

»Wo ist der Faden?«

»Aufgelöst. Ich hab es zu spät begriffen. Dachte, es wär,
tja, Gummi. Hab ihn im Körper belassen. Hat ihn nicht
konserviert.«


10

Als Topolovitsch den Hörer aufgelegt und sich einige Male
in die Kloschüssel übergeben hatte, deutlich darin Reste
des McSushis, las er sein Horoskop in der kaschubitzschen
Zeitung. *Seien Sie mutig! Denken Sie quer! Erinnern Sie
sich! Und handeln!*

Das war, gemessen an den Kriterien einer korrekten
Syntax, nicht unbedingt erste Sahne, spendierte Tim Topolovitsch jedoch zwei entscheidende Eingebungen, wäh-

rend auf der anderen Seite des Hermannplatzes die Dealer und ihre Zivilpolizisten den täglichen Tanz umeinander begannen, schön und dabei rätselhaft wie ein frühes Menuett.

Zunächst rief der Detektiv bei Mascha, dem polnischen Wunder, an, vereinbarte, trotz der frühen Stunde, mit ihr einen Soforttermin. Dort angekommen, ließ er sich von ihr bestätigen – »Was bist du naiv, mein Rüsselchen!« –, daß es derartige Zusammenflick-Ärzte tatsächlich gebe. Anschließend breitete er die zerknitterte und nur mit Seibts Hilfe erlangte Besuchserlaubnis für Pokki auf Maschas Teetischchen aus, bevor er sie wieder an sich nahm und sich verabschiedete. »Du fragst mich Sachen, Rüsselchen …« Sie winkte ihm von ihrer Tür aus zwei Treppenabsätze lang nach.

Es blieben ihm dreißig Minuten.

Im Taxi, das Topolovitsch rief, saß der rastagelockte Kiffer und schwebte – suutsche, suutsche – gen Haftanstalt Moabit.


11

Die Jungs am Tor ließen ihn warten, die Jungs an der Schleuse ihn sich ausziehen und zogen – »Arschbacken spreizen!« – das ganze Programm mit ihm durch.

Als er mit einem der Extraharten in der Besucherzelle saß, blieben ihm zehn Minuten, um von Pokki zu erfahren, was er mit Fatma Topal gemacht und was er unterlassen hatte.

Alles, was Pokki von sich gab: »Weissu, wir wa'n inne Hasenheide. Weissu, inne Heide. Weissu, sie brauchte viel Geld.«

»Wofür?«

Pokki schwieg und sabberte und wackelte mit dem Schädel.

Schließlich sagte der Extraharte: »Die zehn Minuten sind rum«, wobei er, ein leiser Zug um die Lippen, grinste oder schmunzelte, griente oder sich freute, lachte oder lächelte oder etwas sagen wollte, oder schweigen oder atmen oder nur Gymnastik mit dem großen Wangenmuskel und dem kleinen Lippenheber treiben wollte, am Morgen.

»Sind erst neun Minuten«, sagte Topolovitsch.

Sanft ließ der Extraharte den Teakholz-Tonfa-Kopfknack-Knüppel in die niveaweiche Handfläche wippen und murmelte: »Du irrst.«

Gerade als Topolovitsch den Ich-stell-den-Fuß-auf-die-Kante-des-Stuhls-und-laß-ihn-dir-in-die-Eier-wippen-Trick lässig und dabei akkurat auf den Weg bringen wollte, sagte Pokki leise: »Geld für einen Arzt.«

Dann beschrieb er die Gegend, in der sich die Praxis befand.

Und ehe Topolovitsch die Besucherzelle verließ, meinte er Pokki wispern zu hören: »Hat mir doch auch noch ein' abgekaut. Wie'm Präsidenten, Timmi. War ich ihr dankbar für …«

## 12

Manchmal, in sehr seltenen Fällen, ließ das neuronale Netz mit all seinen Synapsen in Topolovitschs vor Müdigkeit musartigem Gehirn einen letzten Funken in Form eines wahnbesessenen Botenstoffs durch sämtliche Transmitter braten und gab ihm die Verbindung von Gegenwart, Vergangenheit und hoffentlich lichter Zukunft ein, die es brauchte, um in einem einzigen genialen und von nichts mehr aus der Bahn zu werfenden Gedanken den Schluß zu ziehen, der alle Hinweise beiseite ließ und dennoch, oder deshalb, das Rätsel schlagartig löste.

Er sah sich, gemeinsam mit Küs und Seibt, vor einem Loch in der Brandmauer hocken, einem unscheinbaren Spalt im kompakten Backstein, und abwechselnd durch den Riß schmulen, ohne auf die schmerzenden Knie im Kalkstaub der Außentoilette oder auf den verbogenen Rücken, die verdrehten Schultern zu achten.

Es war eng. Es war dunkel. Es roch nach Taubenkadavern.

Trotzdem blieben sie stundenlang vor ihrem Durchblick sitzen und schauten, wie mit der Linie gezogen, auf die gespreizten Beine einer Frau. Jedesmal einer anderen Frau, deren Gesicht sie nie sahen.

Jedesmal eine andere Form von: Schenkeln, Behaarung, Schamlippen. Jedesmal deutlicher als in den Filmen, detaillierter als im Biologiebuch, lebendiger, zum Greifen nah, und so erschreckend rosa.

Der Gynäkologenstuhl stand in der Praxis von Tims Großvater. Jede der Frauen hielt still.

Entdeckt hatte Tim das Guckloch. Die Sitzungen, ihre Séancen, zuerst auf der langsam zerbröckelnden Kloschüssel des stillgelegten Örtchens, später mußten sie stehen, hatte Seibt angeregt. Küs war hinzugekommen, nachdem er sich beim Sezieren des Frosches in den Augen der Freunde derart ausgezeichnet hatte.

Sie waren fünfzehn Jahre alt. Und wenn sie die enge Kabine verließen, redeten sie nie über das Gesehene, sondern gingen während sonniger Nachmittage nachdenklich ihrer Wege.

Dennoch kamen sie wieder.

Als das Klo gegen Ende des Sommers ausgeräumt, desinfiziert und zugemauert wurde, waren die Jungen erleichtert, ohne es sich einzugestehen.

Topolovitsch hatte den Ort noch einmal besucht, als sein Großvater die Praxis an einen Arzt aus Pakistan verkauft und übergeben hatte. Zu seiner Überraschung wurde die Außentoilette wieder als Abstellraum benutzt, die Tür war unverschlossen.

Lange hatte Topolovitsch damals in dem Kabuff gestanden, aber etwas hielt ihn zurück, die Tapetenrollen und Gartengeräte, die alten Eimer und Hartfaserplatten auf die Seite zu räumen und erneut durch den Spalt im Mauerwerk zu linsen.

Er schloß die Tür und ging.

Nun erst, als die Ahnung sich ihm zunehmend zur Gewißheit verdichtete, kehrte er in das Treppenhaus zurück, hinter dem sich die ehemalige Praxis seines Großvaters befand, die einzige Praxis eines Frauenarztes im Zentrum der

Fundstellen sämtlicher sauber zerlegter Leichen, die zudem zur Beschreibung Pokkis paßte.

Als Topolovitsch das Gerümpel beiseite geräumt hatte und durch den Riß in der Mauer guckte, sah er zweierlei: Der Stuhl stand noch am selben Platz und, darauf festgeschnallt, lag eine seltsam reglose Frau.

13

Ob er ein Geräusch gemacht oder sich durch einen Zufall anderer Art verraten hatte, konnte Topolovitsch im nachhinein nicht mehr entscheiden. Jedenfalls hatte er übersehen, daß sich nach diversen Umbauten eine zweite Tür zur Praxis des Frauenarztes nahe dem Verschlag befand.

Topolovitsch hatte die Frau auf dem Gynäkologenstuhl betrachtet. Der Arzt hatte ihm auf den Kopf geschlagen. Nun hockte Topolovitsch auf dem Gynäkologenstuhl.

Die Frau lag betäubt auf einer Liege. Der Arzt war ratlos und brabbelte Sätze, die wie Koransuren klangen. Gesänge, dachte der Detektiv, an Handgelenken und Füßen fixiert, Sterbegesänge wahrscheinlich.

Dann bekam er eine Spritze und schlief unverzüglich ein.

14

Zwei Tage später: War Pokki aus der U-Haft entlassen. Stand auf Topolovitschs Tisch, dem Teetischchen, ein Sektgedeck. Hörte man oben in der Wohnung die kaschubitzschen Litaneien. Sagte Topolovitsch, noch immer verkatert vom Betäubungsmittel: »Stoßen wir an auf die Kavallerie!«

»Und«, sagte Küs, »auf die Jugend!«

»Fünfzehn wird man nie wieder«, murmelte Seibt und dachte dabei, dessen war Topolovitsch gewiß, an das Desaster des Kurzurlaubs mit der geschiedenen Frau.

Zwei Tage vorher: Hatte Küs eine Eingebung. Seibt nicht das Handy ausgeschaltet. Das SEK eine Haftladung an der neuen Stahltür der alten Frauenarztpraxis angebracht und zügig gezündet. Das Mädchen, diesmal aus Indonesien, die Operation schon hinter sich, das Leben aber noch vor sich.

Hatte Topolovitsch von Mascha, dem polnischen Wunder, geträumt und sie kurz darauf angerufen: zur Belohnung umsonst und diesmal – drei Stunden, immerhin.

Hatte der Arzt aus Pakistan als Begründung seiner Nadel- und Sägearbeiten angegeben, er habe zu lange im Dreck wühlen müssen, viel zu lange, und endlich aufräumen wollen.

»Er ist ein Spezialist«, sagte Seibt, »wir haben das ermittelt. Hat die Damen schon immer bei sich inner Praxis zugenäht, nur nicht schon immer zerstückelt.« Und nach einer Pause: »Muß ihm, wer guckt so wem schon in die Birne, irgendwann zuviel geword'n sein.« Seibt tippte sich an den Schädel. »Was durchgebrannt, da oben.« Und fügte, ein wenig verschämt, hinzu: »Immerhin etepetete, sie vorher noch zu reparier'n …«

Und während Topolovitsch an die mit Seibt und Küs gemeinsam verbrachten stillen Stunden auf dem vormaligen Außenklo und an die Praxis seines Großvaters, des Gynäkologen, dachte, sagte Hans-Dieter leise und wie in Gedanken: »Ein unglaublich guter Chirurg. Ich würde das gerne können.«

Sacht funkelten die Augäpfel hinter den maximal großen Gläsern. Im Mundwinkel hatte sich Speichel gebildet.

Topolovitsch murmelte: »Kommt, Kinder, laßt das Reden. Wir stoßen auf Pokki an!«

# Die Autorinnen und Autoren

**Gabi Hift** (»*Fischlaich*«) ist genau wie die Heldin ihrer
Geschichte Jungfrau mit Aszendent Jungfrau. Sie glaubt
nicht an Astrologie und hält solche Übereinstimmungen
für puren Zufall. Hift ist vielmehr überzeugt, daß unter
den mit überbordender Rationalität ausgestatteten Jungfrauen der Prozentsatz derer, denen Astrologie schnurz-
egal ist, am höchsten liegt. Die Wienerin studiert Schau-
spiel, Medizin und Psychologie. Seit 1984 arbeitet sie als
Schauspielerin und Regisseurin unter anderem am
Volkstheater Wien und am Kleisttheater Frankfurt/
Oder. Hift schreibt ihren ersten Roman ›Der Richtige‹
und ist Mitglied der Schriftstellergruppe »Die Neuntö-
ter«.

Als **Amelie Fried** (»*Der Jungfrauenmörder*«) am 6. September 1958 zur Welt kommt, steht die Sonne im Zeichen
der Jungfrau. Mit ihrem Aszendenten Löwe studiert sie
nach dem Abitur Germanistik, Theaterwissenschaft und
Kunstgeschichte, später an der Hochschule für Fernsehen
und Film. Fried wird als TV-Moderatorin bekannt und
moderiert derzeit die Talkshow ›III nach neun‹. Seit 1994
veröffentlicht sie 2 Kinderbücher, 2 Erzählbände, 3 Roma-
ne, darunter ›Traumfrau mit Nebenwirkungen‹ und ›Der
Mann von nebenan‹. Ein Bambi und ein Grimmepreis
schmücken die Preisesammlung in ihrem Haus in Ober-

bayern. Amelie Fried glaubt nicht an Horoskope, liest sie trotzdem und ist mit einem Mann verheiratet, dessen Mutter, bester Freund, beste Freundin, Zieh-Sohn und Ehefrau Jungfrau sind.

Die am 25. August in Greensboro, North Carolina geborene **Margaret Maron** wird im Laufe ihrer Karriere für so ungefähr jeden wichtigen amerikanischen Krimipreis nominiert. Unter anderem gewinnt sie dabei: ›Edgar‹, ›Anthony‹, ›Agatha‹ und ›Macavity‹. Ihre Kollegen und Kolleginnen trauen der Jungfrau einiges zu, und so wird Maron Präsidentin der ›Sisters in Crime‹, der ›American Crime Writers League‹ und der ›Mystery Writers of America‹. Zu ihren 15 Kriminalromanen gehören ›Die Schatten des Südens‹, ›Schleichendes Gift‹ und ›Schritte am Strand‹. Der Astrologie-Skeptizismus der Heldin Laura in Marons *Astrokrimi »Diamonds are a Girl's Best Friends«* spiegelt ihren eigenen wider.

Obwohl im Zeichen des fröhlichen Zwillings geboren, sorgt der giftige Aszendent Skorpion in **Maria Gronau**s (*»Virgin Scorpions«*) Leben schon frühzeitig für Widerstand: mit 17 reißt sie von zu Hause aus und wird Hausbesetzerin in Hannover. Später zieht sie nach Berlin-Kreuzberg, wo sie unter anderem im Hausbesetzerrat und in Lesbengruppen politisch aktiv ist. Die am 1. Juni 1962 um 17 Uhr 30 in Hildesheim geborene Autorin schreibt ›Weiberwirtschaft‹, ›Weiberlust‹ und ›Weibersommer‹ und ist derzeit in der Werbewirtschaft tätig.

Die am 1. September in den frühen Morgenstunden in Wien geborene **Helga Anderle** (»*Tod einer Langstrecken-fresserin*«) gibt ihr Sternzeichen selbst mit ›Tafelspitz, Aszendent Diätwaage‹ an. Obwohl ihr die Astrologie gro-ßen Ruhm und Reichtum versprochen habe, sei betrübli-cherweise bisher nichts dergleichen eingetroffen. Anstatt abzuwarten, dichtet Anderle dann lieber Wiener Mordge-schichten – erschienen als ›Sag beim Abschied leise Servus‹ – und Kurzkrimis für internationale Anthologien. Anderle ist Herausgeberin der ersten internationalen Frauenkrimi-Anthologie ›Da werden Weiber zu Hyänen‹. Sie lebt und arbeitet – natürlich – in Wien.

Am 15. September 1961 wird **Carl Wille** im Zeichen der Jungfrau geboren. In den später folgenden Jahren seiner Schulzeit ist ihm nichts peinlicher, als vor Kameraden und Kameradinnen sein Sternzeichen preiszugeben. Um end-lich nicht mehr vor seinem Schicksal davonlaufen zu müs-sen, entschließt der studierte Mathematiker und Informa-tiker sich daher bei den *Astrokrimis* mit »*Kreuzstich*« für das Zeichen der Jungfrau. Carl Wille lebt in Berlin und veröffentlicht Kurzgeschichten und den Kriminalroman ›Exit Berlin‹.

# Die Herausgeberinnen

Ursprünglich als Jungfrau geplant, zieht **Thea Dorn** intuitiv ein doppeltes Feuerzeichen vor und kommt – vier Wochen zu früh – am 23. Juli 1970 in Offenbach zur Welt. Die Löwefrau mit Aszendent Schütze geht nach dem Abitur ins antarktische Südgeorgien, um dort das Verhalten der Kaiserpinguine zu erforschen. Später arbeitet sie als Dozentin für Philosophie an der Freien Universität Berlin und hält Seminare zu Fragen der modernen Ethik und Ästhetik. Sie veröffentlicht die Kriminalromane ›Berliner Aufklärung‹, ›Ringkampf‹ und ›Die Hirnkönigin‹ und erhält den Marlowe. Ihr Theaterstück ›Marleni‹ wird im Januar 2000 in Hamburg uraufgeführt. Nach einem für Feuerzeichen typischen anfänglichen Skeptizismus nähert sich Dorn durch die intensive Arbeit an den *Astrokrimis* der Weisheit der Sterne. »Seit ich weiß, daß fast kein Krimiautor Fische ist, schaue ich bei manchen Menschen genauer hin.«

Als Waage mit Aszendent Krebs wird **Lisa Kuppler** am 7. Oktober 1963 im schwäbischen Eßlingen geboren. Während eines vierjährigen USA-Aufenthalts studiert sie amerikanische Geschichte und Literatur und schließt mit einem Magister in amerikanischer Umwelt- und Frauengeschichte ab. Sie entdeckt ihre Liebe zu Hollywoodkino und Populärkultur, zu Trash, Camp und Star Trek. Ihr Mars im Skorpion prädestiniert sie zu einer Karriere im *hard boiled* Krimigeschäft. Sie arbeitet als Lektorin von Krimi-Reihen und widmet sich der Neuübersetzung von Altmeister Mickey Spillane. Kuppler glaubt, daß die Astrologie ein magisches Ordnungssystem der menschlichen Wesensarten ist, das heute durch laienpsychologische Deutungen völlig verwässert wird. Die passionierte Kampfsportlerin lebt in Berlin-Mitte. Daß die nach eigenen Angaben typische Waage sich privat wie beruflich mit Löwefrauen umgibt, schreibt sie einem abstrusen Winkelzug der Astrologie zu.

Als die Sonne am 13. August 1966 über dem Rhein am höchsten steht, erblickt **Uta Glaubitz** in Bad Godesberg das Licht der Welt. Als nicht ganz umgängliche Mischung aus Löwe mit Aszendent Skorpion wächst sie in Köln auf und beginnt, sich für den FC, Kölsch und Karneval zu interessieren. Glaubitz studiert Philosophie, Anglistik und Chaostheorie und unterstützt heute als Berufsfindungsberaterin andere darin, ihren Traumjob zu finden. Sie gibt Seminare, veranstaltet Konferenzen und veröffentlicht unter anderem den Bestseller ›Der Job, der zu mir paßt‹. Ihr Verhältnis zur Astrologie konzentriert sich vor allem auf die Beschäftigung mit schwierigen Konstellationen. Glaubitz ist der festen Überzeugung, daß man nur lange genug in der Kneipe sitzen muß, um auch die letzten Geheimnisse der Astrologie aufzuklären.